武
魁公

무당괴공
7

김태현 신무협 장편소설
ORIENTAL FANTASY STORY & ADVENTURE

dream
books
드림북스

무당괴공 7

초판 1쇄 인쇄 / 2014년 2월 12일
초판 1쇄 발행 / 2014년 2월 19일

지은이 / 김태현

발행인 / 오영배
책임편집 / 편집부
펴낸 곳 / (주)삼양출판사 · 드림북스

주소 / 서울특별시 강북구 솔샘로67길 92
대표 전화 / 02-980-2112 팩스 / 02-983-0660
편집부 전화 / 02-980-2116 팩스 / 02-983-8201
블로그 / blog.naver.com/dreambookss

등록번호 / 제9-00046호
등록일자 / 1999년 3월 11일

ISBN 978-89-542-5514-1 (04810) / 978-89-542-5289-8 (세트)

이 도서의 국립중앙도서관 출판시도서목록(CIP)은 서지정보유통지원시스홈페이지(http://
seoji.nl.go.kr)와 국가자료공동목록시스템(http://www.nl.go.kr/kolisnet)에서 이용하실 수
있습니다. (CIP제어번호: 2014004173)

무당괴공

7

김태현 신무협 장편소설

ORIENTAL FANTASY STORY & ADVENTURE

武當怪公

dream
books
드림북스

목차

第一章

만천과해(瞞天過海)

절강성 앞바다는 수많은 섬으로 장관을 이룬다.

그 중심에 배를 닮은 거대한 섬이 있다. 섬의 모양을 본따 주산도라 부르는 곳이다.

사람들은 이곳을 주산군도(舟山群島)라 칭했다.

뱃사공에게는 사시사철 안개가 자욱한 항로로 인해 출입이 쉽지 않은 곳으로 유명하다.

하나 강호인에게 주산군도란 어린 시절 이불 속에서 듣던 검협들의 주 무대였다.

동해벽파(東海壁派), 검각(劍閣), 신비제일문.

바로 주산도를 지나야 도착할 수 있는 보타암(普陀庵)이 그곳에 있었다.

　강호에 환란이 있음에 동해에서 선녀가 강림하
도다.

　바로 여중제일인이라 칭송받는 검후(劍后)를 상징하는 문
구였다. 전설로 전해진 것처럼 보타암은 강호에 환란이 있
을 때마다 일군의 여협들이 하산했다. 그들은 악인을 척살
하고, 빈민을 구제했으며 민초들의 애환을 달래 주었다.

　그렇기에 절강성 내에서만은 소림보다 우상시되는 곳이
바로 보타암인 게다. 본래 몇몇 비구니가 수양을 하던 보타
암은 세월이 흐름에 따라 자연스럽게 세를 넓히게 되었다.

　인연이 닿는 사람에게는 가르침을 아끼지 않은 탓이다.

　그 덕에 주산군도에 거주하는 무인들은 대부분 보타암과
인연이 깊었다. 도움을 받거나, 속가인 탓에 매일같이 공물
행렬이 줄을 이었다.

　그러니 보타암은 주산군도를 구성하는 이백여 개의 섬과
자욱한 안개를 방벽으로 삼은 셈이다.

　콰콰쾅!

　최초의 굉음은 보타산 입구에 자리한 대불상에서 일어났

다.

동시에 불길이 사방에서 솟구쳤고, 어둠 속에서 수백 구에 달하는 그림자가 모습을 드러냈다.

"구백칠십삼 명이다."

각 조의 조장이 조원들에게 신신당부한 숫자였다.

조원들은 나직이 숫자를 읊조린 후 한목소리로 말했다.

"단 한 명도 놓치지 않겠습니다."

"가라!"

동시에 복면인들이 달빛 아래 모습을 드러냈다.

밤하늘에는 구름 한 점 없었고, 보름달은 평소보다 환하게 빛을 발했다.

야습을 하기에는 최악의 상황.

그럼에도 불구하고 복면인들은 거침이 없었다.

이미 보타산도의 나루터를 장악했고, 보타암으로 통하는 산길 또한 철벽처럼 포위망을 구축한 후였다.

야습이 아닌 학살, 그것이 목표인 셈이다.

복면인들은 다양한 병기와 각양각색의 무공을 사용했다. 그럼에도 불구하고 그들은 하나의 조직처럼 구역을 나눠서 침투했다.

스무 명 정도의 복면인들이 향한 곳은 십칠이라 이름 붙인 구역이었다.

"여기는 우리가 처리하지."

장포를 휘날리는 노인의 말에 평범한 인상의 중년인이 고개를 끄덕였다.

"절검십조에게 맡기죠. 우리는 십팔 구역으로 간다!"

스무 명 중에서 다섯 명이 떨어져 나왔다.

평범한 인상의 혈기(血起), 산처럼 커다란 덩치를 지닌 철계(鐵械), 색기 가득한 얼굴로 붉은 입술을 달싹이는 려인(麗引), 그리고 술이라도 마신 것처럼 몽롱한 눈빛과 홍조를 띤 얼굴의 주안(朱顔)이었다.

그리고 그 뒤를 고향에서 차출되어 새롭게 홍표라는 이름을 부여받은 청년이 함께했다.

"겁나냐?"

혈기의 나직한 말에 홍표는 어깨를 움츠렸다.

"아, 아닙니다. 실전은 많이 겪어 봤습니다."

"왕 사부께서 칭찬을 많이 하시더구나. 단 한 번도 실패한 적이 없고, 일등을 놓친 적이 없다며?"

홍표는 혈기의 부드러운 말에 마음이 놓였는지 어색하게 웃었다.

"운이 좋았습니다. 나락촌에서 오객의 명성은 하늘을 찌를 정도입니다. 제가 오객에 끼일 수 있게 되어서 영광입니다!"

려인이 배시시 웃으며 말했다.

"그래? 호호, 그건 좋네. 나락촌에는 별일 없고?"

"네! 인원은 예전보다 줄었는데 실력은 더 늘었습니다. 왕 사부께서 말씀하시길 당장 현역으로 나서도 충분하다 싶은 녀석들이 열은 된다 하십니다."

"나는 그냥 누이라고 생각해. 편하게 대하렴."

홍표는 들뜬 표정으로 물었다.

"그, 그래도 됩니까?"

"오객이 됐으니까·굳이 존댓말은 필요 없어. 그렇지요? 오라버니!"

혈기는 정면을 응시한 채 미간을 찡그렸다. 그러나 이내 고개를 돌린 후 빙긋 웃었다.

"맞아. 오객이라면 그래도 되지. 우리는 나락촌의 희망이니까."

한데 화기애애한 가운데 주안이 입술을 삐죽거렸다.

"그런데 보타암에 비구니가 한 명도 없네요."

그 순간 철계가 양팔을 전방으로 내뻗었다. 동시에 팔목에 감겨 있던 쇠사슬이 요란한 소리와 함께 풀려나며 수풀로 꽂혀 들었다.

퍼퍽!

주안은 수풀 너머를 살피고 인상을 썼다.

"죽었어요. 비구니랑 대화하고 싶었는데……."

촤라라라락—

철계는 쇠사슬을 수습하고 나직이 읊조렸다.

"보타암의 말살이 임무다."

혈기가 다시 앞장을 섰고 오객이 뒤따랐다.

한데 마지막에 있던 홍표는 시신을 살피고 눈을 휘둥그레 떴다.

열 살이나 됐을 법한 두 명의 여아는 머리가 박살 난 채 눈을 부릅뜨고 있었다.

'맙소사…….'

잠시 후 혈기가 나직이 말했다.

"다섯 명 정도다. 경공을 쓰는군. 준비해."

철계는 묵묵히 걸음을 옮겼고, 려인은 눈을 가늘게 뜨고 혈소를 머금었다. 오직 주안만이 희희낙락하며 기대감을 드러냈다.

"웬 놈들이냐!"

습격에 대한 변고가 전해졌는지 여기저기서 비구니들이 검과 석장을 들고 뛰쳐나온 것이다.

그들의 경고에 대한 혈기의 답은 짧았다.

"죽여."

철계가 쇠사슬을 풀며 내달렸고, 려인은 잔영이 남을 정도로 빠르게 움직였다. 홍표는 한 박자 늦게 뛰어들었다. 한데 홍표보다 늦게 움직인 주안은 이미 려인을 지나친 후였다.

"비구니다!"

"놈!"

중년의 비구니가 미간을 찡그리며 계도를 휘둘렀다.

쩡!

하나 주안은 무격자의 검강조차 힘들이지 않고 막아냈던 자가 아닌가.

손등으로 계도의 면을 두드린 순간 절반으로 쪼개졌다.

그리고 주안의 손은 비구니의 머리를 두부처럼 파고들었다. 그사이 철계의 쇠사슬은 두 명의 비구니를 성불시켰다. 려인의 손에서 낭창거리던 연검은 쌍검을 휘두르던 비구니의 목을 휘감고 긁어 버렸다.

네 명이 살해당하는 시간은 그야말로 눈을 두어 번 감았다 뜰 정도로 짧았다.

홍표와 비구니가 검합을 나누던 중 주안이 끼어들었다.

"넌 빠져!"

터텅!

주안의 가벼운 손짓에 두 사람은 강제로 떨어져야 했다. 그는 비틀거리는 비구니를 향해 웃으며 다가갔다.

"당신은 이름이 뭐지요?"

고작해야 약관을 넘긴 비구니였다. 아니, 부들부들 떠는 모양을 보니 저잣거리의 소녀라고 해도 이상하지 않을 모습이었다.

"내 이름은 겨, 경혜야. 당장 물러서."

"그럴 수는 없어요. 그나저나 비구니는 뭘를 먹고 다니나요? 그리고 불경을 못 외우면 굶긴다고 하던데 진짜인가요?"

"무, 무슨 소리를 하는 거야. 보타암의 제자가 굶을 리가 없잖아."

주안은 씁쓸한 표정을 지으며 고개를 끄덕였다.

"그렇군요. 역시 그렇군요."

그 순간 혈기의 재촉이 있었다.

"대충 정리해라."

경혜가 다시 한 번 경계심을 끌어올렸다.

주안은 빙긋 웃으며 손을 뻗었다.

"나는 주안이라고 해요."

동시에 경혜의 머리가 두부처럼 으깨졌다.

주안은 피가 튀기 전에 몸을 날려 혈기의 옆에 섰다.

"이제 기분이 좀 풀려?"

혈기의 말에 주안은 웃음기를 지웠다.

"불제자 주제에 배불리 살다니 용납할 수 없어요."

"그래, 중이든, 도사든 권력과 부를 지닌 자들이지. 개 같은 세상을 바꿔 보기 위해 나락촌이 생긴 거다. 절대 용서하지 마라."

혈기가 머리를 쓰다듬었지만 주안은 웃지 않았다.

*　　　*　　　*

보타암은 작은 암자에서 시작됐으나, 지금은 산 전체에 건물이 가득할 정도로 융성했다.

산 정상의 만민전은 보타암의 심장과도 같은 곳이다.

그리고 혈사가 터진 지금 주력이라고 할 수 있는 검수들이 모두 집결한 상태였다.

철관 사태는 만민전을 가득 채운 무인들을 보고 나직이 한숨을 내쉬었다.

보타암에 무공을 익힌 비구니는 많지만, 강호에 나갈 수 있는 이들은 많지 않았다.

고작해야 서른 명 남짓.

한데 만민전에 모인 이들은 이백여 명을 상회할 정도로 많았다. 보타암과 연을 맺은 주산군도의 무인들이 관음절(觀音節)을 맞이하여 모인 탓이다.

'천기가 어그러지더니 결국 사달이 일어났구나.'

철관 사태는 보타암의 비구니 중 불가의 교리와 잡학에 능통했다. 그녀는 주름진 손등을 자꾸 매만지며 불안감을 달랬다.

"장문 사태께서 동해팔군자를 청하십니다."

동해팔군자(東海八君子)는 주산군도에서 큰 방파를 이끌거나, 일신의 무위가 뛰어난 자들을 가리킨다.

철관 사태는 십여 명의 무인들과 함께 관음전으로 향했다.

이미 보타암을 이끄는 사태들은 모두 모인 후였다.

사태의 시급함을 드러내듯 곧바로 의견이 여기저기서 쏟아져 나왔다.

"나루터와 산로가 모두 봉쇄됐습니다."

"보타산 초입에 자리한 암자 열두 곳과 사찰 세 곳에서 연락이 끊겼어요."

"조직적으로 움직이는 놈들입니다. 하루 이틀에 모인 놈들이 아닙니다."

장문 사태가 근심 가득한 어조로 물었다.

"군도나 절강에 소식을 전할 방법은 없는가?"

"전서구가 뜨는 즉시 어디선가 화살을 날리는 통에 소식을 전할 방법이 없습니다."

쿵!

철진 사태가 철장으로 대전의 바닥을 내려쳤다.

"정면 돌파가 답입니다. 감히 사마외도 따위가 불문의 성지를 침입하다니요. 더 이상의 논의가 무슨 소용이겠습니까?"

그녀는 검후를 제외하고 보타암에서 손꼽히는 검협이 아니던가.

동해팔군자가 호응하고 나섰다.

"사태의 말씀이 옳습니다. 어리석은 자들이 관음절에 사달을 일으켰으니 이것이야말로 관자재보살의 보살핌이 아니겠습니까?"

"맞습니다. 우리와 제자들을 합치면 백 명은 족히 될 겁니다. 놈들은 그것도 모르고 쳐들어왔으니 그야말로 날을 잘못 잡은 것이지요."

당황스럽던 모습은 온데간데없이 사라졌고, 철진 사태를 중심으로 사기가 치솟았다.

오직 장문 사태와 철관 사태만이 표정을 굳히고 있었다.

두 사람은 끌리듯 서로를 향해 다가왔다.

"드릴 말씀이 있습니다."

철관 사태의 나직한 한 마디에 장문 사태는 더욱 표정을 굳혔다.

"하아, 무슨 일인가?"

"느낌이 좋지 않습니다."

"짚이는 것이라도 있는가?"

"너무 공교롭습니다. 보타암으로 향하는 모든 통로를 막은 자들입니다. 한데 주산군도의 무인들이 관음절에 회합하는 것을 몰랐을 리가 없어요."

장문 사태는 한숨을 내쉬었다.

"알고 있네. 철진도 짐작하고 있을 테고. 그럼에도 불구하고 철진이 나선 이유는 오늘의 환란을 피할 수 없기 때문이라네."

"제가 모르는 것이 있나요?"

"조금 전에 하산했던 제자들이 돌아왔네. 절반 정도만 살아 돌아왔지. 그들의 말에 따르면 이미 절반 이상을 점거당했다고 하더군. 그리고 살아남은 사람은 한 명도 찾지 못했다네."

철관 사태는 눈을 부릅떴다.

"산 아래쪽에는 무공을 익힌 이들이 많지 않아요. 아이들도 많고요. 놈들은……."

"그래, 놈들은 강도가 아니야. 학살자들이라네. 불경과 무공은 부수적인 것에 불과할지도……."

"그럼 철진의 말처럼 정면 돌파밖에 없군요."

"외부와 연락이 끊긴 이상 수비도 쉽지 않아. 차라리 힘이 집중됐을 때 뚫고 나가야 한다는 말에는 나도 동감이야."

"제가 할 수 있는 일이 있을까요?"

장문 사태는 이 와중에도 옅은 미소를 지었다.

"사매가 해야 하고, 할 수 있는 일을 하게."

철관 사태가 생각에 잠긴 사이 관음전 밖에서 소란이 일어났다. 동해팔군자들이 무기를 뽑으려는 순간 관음전의 문이 열리며 한 여인이 걸어 들어왔다.

"검후께서 돌아오셨습니다!"

관음전 안의 모든 이들이 경외심을 담아 고개를 숙였다.

당대 검후는 철자 배의 막내인 철음 사태로 표정이 좋지 않았다.

"사매, 바깥 상황은?"

장문 사태의 말에 철음 사태는 한숨을 내쉬었다.

"하루 이틀 준비한 녀석들이 아니에요. 보타산의 지리에도 능숙하고, 지휘 체계도 확실합니다. 산 위로 향할수록 포위망이 촘촘해져요. 더 이상 지체하면 방법이 없습니다."

"하아…… 그 정도인가?"

검후가 목소리를 낮췄다.

"한데 사마외도 몇몇을 베던 중 이상한 소리를 들었습니다. 죽은 사람의 숫자를 세어야 한다더군요. 그리고 실제로 죽은 사람의 숫자를 세고, 얼굴을 확인하는 모습까지 볼 수 있었습니다."

"뭐라? 그렇다면 그들이 보타암에 있는 인원수를 알고 있다는 건가? 게다가 참석자의 면면까지도! 주산군도 전체에 간자가 있지 않은 이상 어찌 그런 일이 있을 수 있겠는가?"

"놈들의 은밀하고 체계적인 행동으로 보아선 그럴 가능성이 농후합니다."

장문 사태는 생각지도 못한 상황에 연방 불호를 외우며 탄식했다.

"아미타불, 어찌 그런……."

검후는 비통한 표정을 지었다.

"봉문이 너무 길었습니다. 적이 턱밑까지 침입했음에도 눈치를 채지 못했어요. 모두 제가 부덕한 탓입니다."

"아닐세. 그게 어디 자네 혼자만의 문제겠는가. 그동안 너무 평화로웠던 탓이지. 주산군도라는 담벼락을 너무 믿은 탓이야."

"어찌하시겠습니까?"

장문 사태는 철진 사태를 가리켰다.

"철진과 출진 시기를 잡게. 이곳에 갇혀 몰살당할 수는 없어. 최소한 무공을 모르는 이들과 아이들만이라도 탈출시켜야 하네!"

"일각 안에는 나서셔야 할 겁니다."

철관 사태는 오감을 차단한 채 깊이 생각에 잠겼다.

천기를 기본으로 경서와 사서의 지식을 더했다. 그리고 현재 상황과 전력을 분석한 끝에 긴 한숨을 내쉬었다.

'철음의 말이 사실이라면 이 일은 보타암의 존폐가 결정될 만큼 중차대한 일인 게야.'

놈들은 너무도 치밀했다.

사마외도임에도 감정에 몸을 맡기기보다 계획적으로 혈사를 벌였다. 그렇기에 보타암을 말살시키겠다는 그들의 속셈을 눈치채기가 더욱 어려웠다.

그 순간 철관 사태의 뇌리를 스치는 것이 있었다.

'보타암에서 얻어야 할 것이 있는 게야. 하지만 그 누구에게도 알리고 싶지 않은…… 만천과해!'

만천과해(瞞天過海)는 삼십육계 중 승전일계에 속한다.

당 태종의 고사로 거짓된 계획이나 위장된 전술을 통해 상대방에게 자신의 진정한 의도를 감추고, 자신의 목적을 달성한다는 뜻이었다.

그 말인즉슨 보타암의 멸문보다 중요한 물건이 있다는

반증이 아니겠는가. 게다가 퇴로를 막고 피해를 감수하면서
까지 정보를 숨겨야 할 물건이다.

철관 사태는 거친 숨을 억지로 가라앉히며 관음전을 나섰
다. 그녀의 처소는 서고와 조사동의 중간 위치로 인적이 드
물었다. 하나 문파의 중요 전각들이 대거 위치했기에 경계
는 최상위 급일 터였다.

그러나 혈사로 인해 보타암의 제자들은 모두 만민전으로
소집된 상태가 아닌가.

'뭘까?'

그녀는 처소로 향하면서 보타암의 심득을 떠올렸다.

무공으로 따지자면 검후에게만 전승되는 용화수주공, 미
륵연화검, 부동만안보가 있을 것이다.

연이어 불경과 기서는 물론이고, 보타암에 존재하는 보물
을 죄다 떠올렸다. 그러나 대계를 세워 노릴 만큼 대단한 물
건을 생각할 수가 없었다.

보타암은 자비와 협의를 바탕으로 한 명성으로 이 자리에
올랐기 때문이다. 하지만 그럼에도 그녀는 본능적으로 부정
적인 예감을 떨치지 못했다.

그러던 중 그녀의 눈에 묘한 것이 들어왔다.

조사동 근처에 자리한 유적지였다.

보타암과 인연이 있는 강호의 고인들이 남겨놓은 흔적으

로 강호와 보타암의 안녕을 비는 상투적인 문구가 대부분이었다.

어린 시절에는 전설을 상상하며 매일 같이 드나들었던 곳이지만, 나이를 먹게 되니 일에 치여, 시간에 치여 자연스럽게 멀리한 곳이다.

철관 사태는 혹시나 하는 마음에 유적지도 상세히 살폈다.

그러나 눈에 차는 것이 없다.

'음?'

그때 평소라면 그냥 지나쳤을 문구가 우연히 눈에 들어왔다.

혜천 신니께 강호의 안녕을 빌며 공손히 부탁하다.

구룡(九龍)은 만륜(萬輪)을 물고 선도(仙道)와 함께 이물(異物)을 정화하겠소이다.

천하(天下)는 노고를 알지 못하나 천의(天意)가 평생 보타암에 닿기를 기원하나이다.

혜천이라는 법명은 그리 낯설지 않았다.

철관 사태 역시 혜천처럼 무공이 아니라 불법을 이었기

때문이다. 한데 많고 많은 문구 중에 혜천에 관한 글귀가 시선을 잡아끈 데에는 이유가 있었다.

단 한 번도 강호에 나선 적이 없는 혜천에게 글귀를 남길 사람이 있던가 하는 의문이었다.

게다가 구룡이라는 사람이 남긴 문구는 보타암과 혜천에 대한 감사가 절절하게 느껴질 정도였다.

'혜천 신니께 저런 글귀를 남길 이유가 있던가?'

두 번째 줄에서 몇 가지 사실을 유추할 수 있었다.

구룡, 만륜, 선도, 이물.

'구룡이라는 별호는 쉬이 가질 수 있는 것이 아닌데……'

철관 사태는 사서에 기록된 선대의 고인들을 떠올렸다.

그중 별호, 무공, 병기, 모임을 통해 구룡과 관련 있는 자들을 추려냈다.

구룡의 정체를 캐내던 중 철관 사태의 시선이 문구의 마지막 줄에 이르렀다.

그 순간 뇌리에 선명하게 떠오르는 이름이 있었다.

'구룡검제.'

남궁세가의 중흥기를 이끌었고, 은밀하게 사라진 탓에 세가를 쇠락하게 만든 천하의 검협을 떠올린 게다.

'천하는 알지 못하고, 하늘만 알 것이다. 그렇다면 그 역

시 은밀하게 일을 진행했을 것이고, 죽음을 불사했다는 증좌가 아니겠는가?'

구룡검제를 발견한 철관 사태는 홍조를 띠었다.

분명 시급을 요하는 상황이지만, 강호비사의 한 단면을 엿보게 된 즐거움은 참을 수가 없었다.

철관 사태는 황급히 서고로 향했다.

그러고는 만륜의 정체를 찾기 위해 몇 권의 서책을 뒤적거렸다.

만륜을 찾는 것은 그리 어렵지 않았다.

이미 짐작하고 있었지만, 혹시나 하는 마음에 서책의 내용을 살피고자 한 것이다.

'반야만륜겁.'

철관 사태는 원하는 것을 찾았음에도 침음을 삼켰다.

반야만륜겁(般若萬輪劫)은 무공서나 경전이라고 쉬이 단정 짓기 애매한 서책이다.

'……계착은 무지로 염착이 생기고, 염착하면 탐욕과 성냄으로 지은 없이 쌓이니…… 확실히 항마공의 일종이로구나.'

항마공(降魔功)은 제마멸사를 위해 불가나 도가에 존재하는 심법의 일종이다. 이것은 발성이나 심법, 또는 권장법을 통해 나타난다.

하나 반야만륜겁은 특이했다.

반야만륜겁의 원형은 항마능가공으로 불경 중 능가아발다라보경의 구절을 무공으로 승화시킨 것이다. 하나 항마능가공은 마기를 감지할 뿐 없앨 수가 없었다.

그러니 항마공 중에서도 반쪽짜리라 평하는 것이다.

혜천 신니는 평생 불도를 닦으며 항마능가공을 수련했다고 한다. 그러던 중 말년에 이르러 항마능가공에 깨달음을 더하여 반야만륜겁을 만들었다.

반야만륜겁은 거창한 이름과 달리 주변에 결계를 치고, 사마(邪魔)의 기운이 침습하지 못하게 하는 것이 효용의 전부였다.

결국 강호에 알려질 만큼 대단하지 않다는 뜻이다.

철관 사태는 미간을 찡그렸다.

'구룡검제가 이토록 찬사를 보낼 정도라면⋯⋯.'

자신이 알지 못하는 무언가가 있는 게다.

선도(仙道)의 의미 또한 그리 어렵지 않았다.

중원을 통틀어 선도라는 두 글자로 대표되는 곳은 무당파가 유일하지 않은가.

구룡검제와 관련이 있는 무당파의 무인이라면 단연코 검천위 천학 진인을 떠올리게 된다.

'두 사람이 이물이라는 것을 상대했구나.'

이물의 정체는 알 수 없지만, 당시 최강이라 불렸던 검천위와 구룡검제가 힘을 합쳐야 했던 존재가 분명하다.

한데 검천위의 독문무공 또한 태극혜검이 아니던가.

반야만륜겁의 위력은 크지 않지만, 항마력을 논한다면 천하에 손꼽힌다. 그것은 무당파의 태극혜검도 다르지 않을 터였다.

'그 말인즉슨 반야만륜겁에 태극혜검과 비견할 정도의 비의가 숨겨져 있다는 뜻일까?'

철관 사태는 잠시 밤하늘을 응시했다.

유달리 맑은 밤하늘에 수많은 별이 반짝였다.

잠시 천기를 살피며 고민한 끝에 자신의 행보가 천의에 어긋나지 않을 것이라 짐작해 본다.

본능을 따르기로 마음먹은 이상 시간은 금보다 소중했다.

철관 사태는 반야만륜겁과 몇 권의 서책을 두꺼운 천으로 감쌌다. 모두 보타암이나 강호와 직접적으로 관련이 있는 중요한 서책이었다.

그 외에 반야만륜겁과 조금이라도 관련이 있는 불경은 모두 불태웠다. 반야만륜겁은 무공이 아닌 불가의 법통을 이었으니 진본만 숨길 수 있다면 적들의 계획을 무력화시키는 것이 가능하리라.

'무공비급은 철진 사자께서 챙기시겠지.'

그녀는 황급히 관음전으로 돌아갔다.

검후를 통해 놈들의 목적을 엿듣지 않았던가.

'인원수와 얼굴까지 알고 있는 자들이야. 섣불리 가지고 나갔다가는 목표가 될 것이 분명해.'

철관 사태는 관음전에 도착하자마자 동해팔군자 중 한 명을 잡아끌었다.

"사태께서 봉 모에게 하실 말씀이 있으신가요?"

동해팔군자 중 금검문의 문주인 봉천록이 손을 모으며 공손히 물었다.

철관 사태는 봉천록의 눈을 오랫동안 응시했다.

수십 년을 보아왔던 사이였다.

그러나 간자가 있는 것을 확인한 이상 그 누구도 쉽사리 믿을 수가 없었다.

천기를 읽고, 삼라만상에 도통한 철관 사태라고 해도 사람의 마음을 쉬이 읽을 수는 없는 노릇이다.

결국 본능에 맡기는 수밖에 없었다.

"봉 문주. 그대를 믿어도 되겠소이까?"

봉천록은 고개를 살며시 숙였다.

"저는 금검문의 칠대 문주입니다."

이백 년의 시간을 신뢰의 증표로 내세운다.

철관 사태는 옅은 미소를 띠며 고개를 끄덕였다.

그래, 그러하다.

이들을 믿지 못한다면 누구를 믿을 수 있겠는가.

"잠시 밖으로 나가시지요."

두 사람은 조용한 곳으로 향했다.

관음전은 탈출 계획을 세우느라 바빴고, 만민전은 전쟁을 앞둔 병사들처럼 투기를 끌어올리느라 여념이 없었다.

"적들이 우리의 숫자와 얼굴까지 비교한다는 얘기를 들으셨나요?"

봉천록은 쓴웃음을 흘렸다.

"그렇습니다. 하나 일부러 이야기하는 사람은 없습니다. 애써 일깨운 투기가 사그라질지도 모르니까요."

철관 사태가 표정을 굳히며 물었다.

"제가 장서고와 지각당을 책임지는 것 아시나요?"

"그걸 어찌 모르겠습니까."

"한데 어제 새벽 봉 문주께서·보타암의 산문을 지나실 때 조금 이상하시더군요."

"네?"

"제 기억에 이번 관음절에 참석하는 금검문의 인원은 스물 하나였는데…… 실제로는 스물두 명이더군요."

봉천록은 눈을 부릅뜨며 손을 모았다.

"사태! 오해, 오해입니다. 어찌 제가 보타암에 해를 끼치기 위해……."

철관 사태는 절을 하려는 봉천록의 양손을 끌어올렸다.

"탓하려고 하는 말이 아닙니다. 본래 인원보다 한 명이 늘었던데 누굽니까?"

봉천록은 안도의 표정을 지었지만, 이내 무거운 숨을 토해냈다.

"어디 가서 태를 내기도 부끄러운 일인지라 사태께 말씀드려도 될지 모르겠군요."

"그가 누구이기에……?"

철관 사태의 재촉에 봉천록은 힘겹게 입을 열었다.

"미숙한 아들놈입니다."

"금검문주의 아들이라면 일평을 말씀하시는 건가요? 그 아이는 천룡맹의 학관에 입관했다고 들었는데요."

"예, 맞습니다. 보타암과 인근 문파들의 도움을 받아 겨우겨우 입관했지요. 한데 그 녀석이 어제 새벽 갑자기 돌아왔습니다."

"뭐라고요? 어째서!"

봉천록은 얼굴을 붉혔다.

"아마 따돌림을 당했던 모양입니다. 그렇기에 학관에 알리지도 않고 도망을 쳤나 보더군요. 녀석을 그냥 두기도 뭐

해서 데리고 왔습니다. 장문 사태께서 좋은 말씀을 해주실
까 해서 말이지요."

철관 사태의 눈에 잠시 기광이 스쳐 갔다.

"그 아이가 이곳에 온 것을 아는 사람은……?"

"보타암으로 출발하려던 중 금검문 입구에서 만났습니
다. 아직 어미도 그 녀석이 돌아온 것을 모릅니다."

"일행 중에서는요?"

봉일평의 입꼬리가 축 늘어졌다.

"돈도 없이 도망친 탓에 아주 거지꼴을 하고 있더군요.
녀석도 반 폐인처럼 변했고, 수하들도 알아보지 못하기에
그냥 말없이 데리고 왔습니다."

철관 사태의 눈가에 희망의 빛이 맺혔다.

"그 아이를 볼 수 있겠습니까?"

"비록 이런 상황이지만 사태께서 봐주신다면 감사할 따
름이지요. 당장 수하를 보내서……."

봉천록이 몸을 돌리려는 순간 철관 사태가 소매를 잡아채
며 말했다.

"아니에요. 숙소를 말해 주면 제가 직접 가겠습니다."

"아, 예…… 그러시지요."

철관 사태는 봉천록이 관음전으로 돌아가는 것을 보고
나직이 한숨을 내쉬었다.

'봉 문주에게는 미안하지만, 참으로 다행입니다.'

구룡검제가 혜천 신니에게 남긴 구절이 떠올랐다.

'구룡검제의 기원처럼 천의가 아직 보타암을 외면하지는 않았나 봅니다.'

철관 사태는 하인들이 머무는 외원의 숙소로 향했다.

비록 보타암이 지도에서 사라질지언정 사마외도의 뜻대로 이뤄지도록 내버려 둘 수는 없는 노릇이다.

'봉일평이 갑자기 학관에서 돌아온 것도 하늘의 뜻일 터! 반드시 그 아이를 통해 적의 흉계를 저지하겠나이다.'

그녀는 연방 불호를 외며 걸음을 재촉했다.

第二章

천하정세를
바꾼 한 마디

철관 사태는 봉일평을 보자마자 침음을 삼켰다.

봉천록의 말처럼 고생이 심했는지 눈동자에서 생기를 느끼기 어려울 정도로 피폐했기 때문이다.

"사, 사태를 뵙습니다."

봉일평이 주춤거리며 인사를 했다.

"그래, 편히 앉거라."

"예, 예."

철관 사태는 꾀죄죄한 봉일평에게로 다가가 앉았다.

"잠시 진맥을 해도 되겠느냐?"

봉일평은 대답 대신 고개를 끄덕이며 손을 내밀었다.

진맥을 하는 시간은 길지 않았다. 몸 상태가 워낙 엉망진 창이기에 처방도 금세 나왔기 때문이다.

하나 철관 사태는 망설일 수밖에 없었다.

그러나 처방처럼 결심도 빨랐다.

불문의 제자로서 거짓말을 할 수는 없었다.

"봉 문주에게 대략적인 이야기는 들었다. 네 몸이 어떤지 아느냐?"

봉일평은 자포자기한 표정을 지었다.

적운비에게 쓴 소리를 들었을 때의 부끄러움은 말로 표현 할 수 없을 정도였다.

자신에 대한 자괴감, 세상에 대한 분노.

어느 하나 이겨낼 수가 없었다.

그렇기에 입에 담기도 수치스러운 야반도주를 택했다.

잠도 제대로 자지 못했고, 밥도 쉬이 넘길 수가 없었다. 그 렇게 몇 날 며칠을 걷다 보니 죽고 싶다는 생각밖에 떠오르지 않았다.

하나 어느 순간부터 부모의 얼굴이 눈앞에 아른거렸다.

그래, 죽기 전에 얼굴이나 보고 죽자!

그렇게 매일 같이 생사의 고뇌 속에서 걷고 또 걸었다. 하 지만 세상일이라는 것은 한 치 앞도 볼 수 없는 모양이었다. 자신이 아비를 만나 보타암에 오게 될 줄 누가 알았겠는가.

봉일평은 사람들의 눈에 띌까 두려워 숙소에서 한 걸음도 나가지 않은 채 관음절이 끝나기만을 기다렸다.

그러던 중 철관 사태를 만난 것이다.

바짝 마른 입술을 달싹이며 대꾸를 하는 것조차 힘겨운 것이 사실이었다.

"원행에 진원진기도 상했고, 그냥 두면 큰 병에 걸리겠구나. 심신이 매우 지쳤으니 연엽단을 장복하고, 도인법을 백일간 수련해야 제 모습을 찾을 게야."

봉일평은 쓴웃음을 흘렸다.

나 까짓 게 살아서 무엇 하나?

하늘이 과연 내게 삶을 허락하기나 한 것일까?

한데 철관 사태의 뒤이은 말에는 고개를 들고 의아함을 드러냈다.

"하지만 그러긴 힘들 것 같구나."

보타암의 성수 신니라 불리는 철관 사태가 할 말이라고는 납득하기가 어려웠다.

철관 사태는 담담한 어조로 보타암이 처한 상황을 이야기했다. 숙소에 처박혀 있던 봉일평으로서는 청천벽력과도 같은 소리였다.

봉일평이 황급히 물었다.

"아버님은 어찌 되셨습니까?"

"별일 없으시다. 이곳에 온 것도 봉 문주에게 들어서 온 것이고."

"아, 다행이네요."

철관 사태는 잠시 뜸을 들이다가 나직이 말했다.

"나는 사실 너를 치료하러 온 것이 아니란다."

"네?"

"나는 네게 부탁을 하려 한다."

봉일평을 눈을 끔뻑거렸다.

"저 같은 놈에게 무슨 부탁을······."

철관 사태는 봉일평의 두 손을 맞잡고 나직이 말했다.

"이곳에 남아 다오."

"뭐라고요?"

* * *

검후가 선두에 섰다.

그 뒤를 동해팔군자 중 여섯 명과 보타암의 검수가 채웠다. 중앙에는 무공을 익히지 않은 비구니를 비롯한 일반 제자들이 원형으로 모였고, 그 중심에 여아들이 손을 맞잡은 채 서 있었다.

후미에 선 철진 사태는 보타암의 모든 인원이 집결한 것을 확인하고 철관 사태에게 다가갔다.

"경서는?"

"약속된 곳에 모두 묻었어요. 사자는?"

철진 사태는 고개를 끄덕였다.

"기물과 비급은 모두 묻었단다. 철관아, 정신 똑바로 차리거라. 나루터에 도착해서 적의 배를 빼앗을 때까지 멈추지 않을 것이야."

철관 사태는 어색하게 웃었다.

"저희들 때문에 속도를 늦춰야 하지 않습니까? 폐가 되지 않으려면 열심히 뛰어야지요."

철진 사태가 목소리를 낮췄다.

"너는 반드시 살아야 한다. 장문 사태께서도 네가 아니면 보타암의 법통을 이어갈 사람이 없다 하셨다."

그 말을 끝으로 이동이 시작됐다.

철관 사태는 작은 보퉁이를 어깨에 맨 채 잠시 만민전을 돌아봤다.

'부디 무사하거라.'

검후를 선두로 한 행렬은 느릿하게 이동했다.

사주경계를 해야 했고, 무공을 익히지 않은 일반인도 배려를 해야 했기 때문이다.

하나 그 누구도 조급해하지 않았다.

보타산을 가장 잘 알고 있는 것은 자신들이다.

다른 곳이라면 모를까 이곳에서 해를 당할 리 없다고 굳게 믿고 있었다. 그러나 믿음이 깨지는 데에는 그리 긴 시간이 필요치 않았다.

"쳐라!"

어둠 속에서 복면인들이 쏟아져 나왔다.

마치 기다렸다는 듯이 일사불란하게 뛰쳐나온다.

검후는 쇄도하는 복면인들을 보면서도 호흡을 가라앉혔다.

"흐읍!"

스릉—

검이 뽑힘과 동시에 휘황찬란한 기광이 번쩍였다.

용화수주공(龍華需朱功)은 불문 사대심법에 꼽힐 만큼 정순함을 자랑하지 않던가.

한 호흡에 노도와 같은 내력이 전신을 휘돌았고, 그것은 오롯이 한 자루의 검에 스며들었다.

"살계를 열고 저 역시 지옥 불에 몸은 던지오리다."

나직한 읊조림과 함께 그녀의 신형은 어둠을 갈랐다.

터터팅!

길을 막던 복면인 여섯 명이 검을 놓치며 튕겨 나갔다.

강기의 엄청난 위력에 황급히 검을 놓았지만, 이미 반탄력은 몸의 절반을 마비시킨 후였다.

보타암의 무공은 아미파와 달리 소림과 흡사했다.

그렇기에 검후는 검무와 같이 섬세한 공세를 펼치지 않고 폭풍처럼 몰아쳤다.

"흡!"

절검이십일조이며 십사 구역을 책임진 복면인은 눈을 부릅떴다.

검후에 대한 명성은 익히 들었으나, 이처럼 폭급한 공세를 펼칠 줄은 생각지도 못한 것이다.

'후미라도!'

하나 검후가 행렬을 떠난 후 비구니들은 원형의 진법을 펼친 채 주변을 경계하고 있었다.

복면인이 뒤늦게 내력을 끌어올렸다.

하나 검후의 검은 이미 신벌(神罰)처럼 하늘에서 내리꽂히는 와중이었다.

콰쾅!

검후는 복면인의 검을 두들긴 순간 미간을 살며시 찡그렸다. 그러나 이변은 일어나지 않았고, 그녀의 검은 복면인의 상반신을 절반으로 갈랐다.

"잔당들도 처리했습니다."

철진 사태의 제자인 연문이 황급히 다가와 보고했다.

검후는 고개를 끄덕인 후 다시 걸음을 옮겼다.

"사매, 처음부터 무리하지 말게."

장문 사태의 말에 검후는 고개를 내저었다.

"아닙니다. 적은 보타산 주변에 천라지망을 펼쳤습니다. 시간을 끌면 더 많은 적이 모여들 겁니다. 최대한 빨리 돌파해야 합니다."

"알았네. 자네의 뜻대로 하게."

검후와 일행들이 향하는 곳은 주산군도와는 반대편에 자리한 나루터였다. 상대적으로 적의 주목이 적을 것을 예상하고 택한 목적지였다.

"상연 나루터까지 쉬지 않는다. 가자!"

검후의 계획은 성공적으로 보였다.

세 번의 포위망을 돌파했고, 오십여 명의 적을 없앴다.

하나 그 와중에 보타암의 제자 십여 명이 사망했고, 주산군도의 무인은 오십 명 넘게 행렬에서 이탈했다.

그러나 이제 상연 나루터까지 고개 하나만 넘으면 도착이다. 검후의 명으로 지리에 밝은 몇 명이 정찰을 나섰고, 나머지 사람들은 꿀 같은 휴식을 이어갔다.

"참으로 이해할 수가 없군."

철진 사태의 말에 철관 사태가 물었다.

"사자, 왜 그러시는지요?"

"적의 정체를 도무지 종잡을 수가 없어."

검후가 고개를 끄덕였다.

"맞습니다. 처음에는 남부의 혈마교를 의심했습니다. 한데 마교도만 있는 것이 아니에요. 정공도 존재하고, 합격진을 펼치는 이들은 마치 사형제처럼 보였습니다. 그야말로 정사마가 동시에 습격을 한 것처럼 여겨질 정도였어요."

철관 사태는 나직이 침음을 삼켰다.

당금 강호의 정세는 사태천을 빼놓고 정의할 수 없었다. 정파의 천룡맹과 패천성, 그리고 사파의 사도련과 마도의 혈마교가 존재하는 것이다.

그러나 사태천 중 어느 곳도 정사마(正邪魔)를 동시에 아우른다는 것은 불가능에 가까웠다.

'도대체 누가 이런 일을…… 설마 제오의 세력이라도 등장한 것일까?'

철관 사태가 생각에 잠긴 사이 검후와 철진 사태가 눈빛을 교환했다.

"경계!"

"정찰조가 돌아오지 않아."

휴식을 끝내고 황급히 원진을 펼쳤다.

검후와 철진 사태는 다시 한 번 시선을 교환했다.

"적의 기척은 없는 듯한데……."

"내 기감에도 걸리는 것이 없어."

동해팔군자들도 두 사람의 말에 고개를 끄덕였다.

한데 어느 순간 검후가 돌아서며 나직이 말했다.

"정상 쪽에서 놈들이 옵니다."

그녀의 말처럼 아니나 다를까 보타산 정상으로부터 다가오는 그림자들이 보였다. 그런데 인식하는 순간 복면인들의 숫자가 급격히 늘어나는 것이 아닌가.

이제는 아예 개미떼처럼 몰려오고 있었다.

"산 반대편에서 포위하고 있던 적입니다. 저들까지 도착하면 포위망을 뚫기 힘들어요."

"당장 출발하세!"

그러나 일행이 발을 떼기도 전에 사달이 일어났다.

나루터 쪽에서 엄청난 인원이 모습을 드러낸 것이다.

일견하기에도 삼백여 명은 족히 될법했다.

'이런, 유인당한 건가!'

검후의 예상처럼 나루터 쪽에서 나타난 이들은 이미 진형을 갖추고 있었다.

"크큭! 군의 예상처럼 시간을 주었더니 알아서 모였군요. 그야말로 일망타진할 수 있는 좋은 기회입니다!"

절검이라 불리는 무리 중에서도 수뇌부처럼 보이는 복면인이 앞으로 나섰다. 왜소한 체구에 혼탁한 눈빛으로 보아선 사마외도가 분명했다.

"구귀가 나설 거요. 검후가 죽으면 비구니들을 깡그리 몰살시킵시다!"

복면인의 외침에 무리에서 아홉 명이 떨어져 나왔다.

"구귀? 설마 태산구귀? 무기가 죄다 다른 것을 보니 맞구나!"

검후의 읊조림에 복면인들은 서로를 응시했다.

"흥! 쥐새끼 같은 놈이 입까지 싸구나."

복면인들은 복면을 벗었다.

정체가 밝혀진 이상 불편한 복면을 풀어 버린 것이다.

검후는 태산구귀의 면면을 확인한 후 이를 갈았다.

그그그극—

용화수주공을 극성으로 끌어올리니 초목이 흔들린다.

"한 놈도 용서하지 않으리라!"

철관 사태는 배후에서도 적들이 쇄도하는 상황에서 검후가 흥분하는 이유를 알 수 없었다.

"사자, 왜 저러는 겁니까?"

철진 사태는 나직이 말했다.

"일전에 연리가 강호에 나간 것을 알고 있는가?"

"연리라면 검후의 제자가 아닙니까. 서찰을 전하러 갔다가 지금도 본가에서 쉬고 있다고……."

"그때 경험이 부족한 그 아이에게 산공독을 쓴 자들일세. 하마터면 겁탈당할 뻔했지. 다행히 별일은 없었지만, 그 일로 인해 본가로 돌아간 것이라네."

"아……. 그래서 돌아오지 않았군요."

"검후가 가장 증오하는 자들이니 그냥 둘 리가 없지. 게다가 이미 포위망을 뚫기란 요원하네. 엄청난 무위로 적들의 기세를 꺾고, 단박에 돌파해야하네."

철관 사태가 검을 고쳐 잡았다.

"슬슬 뛸 준비를 하게. 짐은 모두 버리고, 나루터까지 뒤도 돌아보지 않고 달려야 해. 검후는 태산구귀를 죽일 때 엄청난 신위를 보일 것이야. 그때가 기회라네."

모두가 눈짓으로 대화했고, 짐을 내던질 준비 또한 끝냈다.

그리고 모두가 기다리던 순간이 다가왔다.

검후의 검이 마주하기 힘들 정도의 기광을 뿜어냈다. 그것은 어둠을 집어삼킬 것처럼 강렬한 기세로 태산구귀를 향해 쇄도했다.

미륵연화검의 절초인 미륵도래가 펼쳐진 것이다.

"준비!"

한데 그 순간 복면인의 무리에서 세 개의 그림자가 튀어나왔다. 그들은 유성이 잔영을 남기는 것처럼 순식간에 검로를 이어갔다. 세 사람의 검로가 겹쳐지는 순간 검후의 미륵도래와 충돌했다.

콰콰콰쾅!

검후는 두 걸음을, 세 명의 복면인은 다섯 걸음이나 밀려났다.

하나 검후의 얼굴은 저승사자라도 본 것처럼 새하얗게 질려 있었다.

"어째서 천성나염(天星羅染)이……."

복면인들은 눈짓을 하며 검후를 향해 검을 겨눴다.

그 순간 검후의 일갈이 터져 나왔다.

"어째서 종남의 무인들이 여기에 있는 것인가!"

복면인 중 한 명이 혀를 차며 외쳤다.

"쳇! 형제들, 언제까지 숨어 있을 거요?"

그들의 형제가 누구인지는 금세 드러났다.

복면인의 무리에서 십수 명이 나선 것이다.

그중 한 명이 나직이 읊조렸다.

"동생, 입을 조심하게. 우리는 함부로 신분을 드러내서는 안 돼."

"흥! 어차피 다 죽을 텐데 그게 무슨 상관인가."

"하늘의 일이란 어찌 될지 아무도 모르는 것이야."

"하늘이 우리에게 시킨 일인데 왜 모른단 말이오?"

"어찌 됐든 빨리 처리하고 돌아갑시다. 하루라도 빨리 돌아가야 뒷말이 나오지 않을 게요."

검후는 뒤늦게 나선 복면인들을 보며 침음을 삼켰다.

느긋하게 걸음을 옮기며 검을 뽑는 모양새가 사뭇 자연스럽다. 개개인의 무위가 절정을 넘어섰다는 증거가 아니겠는가.

'명문의 제자들이다. 하나 명문거파가 우리를 적대시할 이유가 없어. 배신자들인가?'

내심 결론을 냈지만 마음은 편치 않았다.

사태천으로 인해 평화롭다 여겼거늘 실상은 전혀 그렇지 않으니 답답한 마음만 가득했다.

"내가 먼저 가지."

복면인들 중 한 명이 뒷짐을 진 채 나섰다.

평범한 장삼을 입고, 장식이 없는 청강검을 들었다.

한데 걸음마다 기세가 솟구친다.

그는 검후를 상대하면서도 평정심을 유지했다.

"본래 검후라면 천하절예라 하여 십대고수의 상위에 손꼽힌다 했지. 하나 당금의 검후가 그럴 것이라고는 믿지 못하겠소이다."

검후는 신중하게 검을 겨누며 읊조렸다.

"그토록 자신만만하다면 정체를 밝히거라."

하나 복면인은 단호하게 고개를 내저었다.

"명예보다 중한 것이 명령이라 하였소. 그러나 검후의 저 승길은 그리 외롭지 않을 게요. 노부가 책임지고 삼도천을 건 너게 해드리리다."

"흥! 그 정도의 자부심이라면 검법을 펼치는 순간 정체를 밝혀낼 수 있을걸?"

"크하하하하!"

복면인은 박장대소를 했다.

"확실히 검후의 명성은 옛말이로군. 허장성세로 내가 본신 의 실력을 발휘치 못하게 만들려는 속셈인가?"

검후의 눈빛이 더욱 강렬하게 번뜩였다.

이번에는 복면인도 쉬이 받아칠 수 없었다.

그는 무리의 배후에 존재하는 이에게 전음을 날렸다.

[노부가 일가를 이뤘다는 평을 받지만, 홀로 검후를 상대 하기란 역부족이오. 어찌할 요량이신가?]

잠시 후 그의 귓가에 나직이 흘러들어온 목소리가 있었다.

[첫 검격을 최대한 격렬하게 나누시오. 저들의 시선이 검후 에게 쏠리는 순간 칠 것이오. 그리고 최후의 순간 내가 검후 를 처리하겠소.]

복면인은 복면 속에서 희미한 혈소를 그렸다.

암중의 주재자는 주인의 직전 제자가 아닌가.

'그분의 제자인 암은과 함께라면 검후의 죽음은 이미 기정 사실이지!'

지이이이잉—

복면인이 쥐고 있는 청강검이 검명을 터트렸다.

한데 잠시 후 청강검은 연검처럼 이리저리 휘는 것이 아닌가. 그리고 마치 격렬한 정사 끝에 여인이 널브러지는 것처럼 검신을 축 늘어드렸다.

그 순간 엄청난 굉음과 함께 청강검이 산산조각 났다.

파파파파팟!

그런데 검편(劍片)은 놀랍게도 마치 의도한 것처럼 검후의 전면으로만 꽂혀 들었다.

검후는 예기치 못한 공세에도 평정심을 유지한 채 검을 휘돌렸다. 요란한 쇳소리가 끊임없이 이어졌지만, 단 하나의 검편도 검막을 통과하지 못했다.

하나 복면인의 공격은 이제부터 시작이었다.

그는 검편으로 검후의 시야를 가린 후 허공으로 내리꽂혔다.

"큭!"

복면인의 쌍장은 붉은 기운을 품고 있었다.

그리고 마치 불가의 천수여래가 현신한 것처럼 쉴 새 없이 쏟아졌다.

검후는 미간을 찡그린 채 물러서야 했다.

그도 그럴 것이 복면인의 공격과 함께 적들의 공세가 시작된 것이다.

검을 폭파시키는 기공 탓에 무인들은 시선을 빼앗겼다.

그로 인해 보타암의 무인들은 실기했고, 힘겹게 복면인들의 공격을 막아야 했다.

'산 정상에서 오는 놈들의 도착은 일각 전후일 것이야. 그 전에 이자를 처리해야 해!'

그 순간 보타암의 제자가 비명을 내질렀다.

보퉁이를 짊어지고 있는 것으로 보아선 무공이 아니라 불가의 법통을 이은 여아다. 아직도 머리에는 푸르스름한 기운이 남아 있을 만큼 어린 제자였다.

그런 그녀가 목을 절반이나 베인 채 허물어진다.

검후의 평정심이 흔들리는 것은 자명했다.

게다가 첫 비명과 달리 두 번째 비명은 너무도 빨리 이어졌다. 그리고 이내 비명이 여기저기서 흘러나왔다.

잠시 거리를 벌린 복면인이 괴소를 흘렸다.

"크큭, 시간이 흐르면 검후는 혼자만 남겠구려."

"이놈!"

미륵연화검의 검세는 척마멸사의 의지를 반영하듯 거침이 없다. 거기에 검후의 감정까지 실렸으니 검법을 펼치는 것만으로도 전장을 압도했다.

"큭!"

복면인은 비틀거리며 물러섰다.

암은(暗隱)의 말만 믿고 첫 합부터 전력을 다했다.

한데 검후의 기세는 꺾일 줄을 몰랐고, 암은은 어디에 있는지 흔적조차 느껴지지 않았다.

'빌어먹을!'

그 순간 검후가 검을 휘두르며 복면인의 얼굴을 노렸다. 다행히 혼신의 힘을 다해 피했으나, 강기의 여파에서 완전히 벗어나기란 요원했다.

"크악!"

복면인의 복면이 갈가리 찢겼다. 그는 볼을 감싸 쥔 채 비명을 내질렀다. 다행히 피륙의 상처로 끝났지만, 생각지도 못했던 불안감이 엄습했다.

이러다 죽는 건가?

한데 검후가 잠시 공세를 멈추더니 눈매를 파르르 떠는 것이 아닌가.

"장법을 보고 혹시나 했는데…… 설마 진짜 무이동주일 줄이야!"

복면인은 눈을 부릅뜨며 놀람을 감추지 못했다.

"어떻게 나를······."

"흥! 복건성 무이산에 천수신노가 있다는 소문은 익히 들어 알고 있었지. 무위궁이라면 불가의 명소 중 한 곳이다. 한데 어찌 네놈이 변절하여 사마외도와 함께 보타암을 노린단 말이냐!"

"흥! 변절이 아니라 처음부터였다. 제자들이 죽어 나자빠지는데도 여유롭군. 이렇게 시간을 끌어 준다면 나야 고맙지!"

"네놈만은 용서치 않으리라!"

무이동주(武夷洞主)는 정체가 드러나서인지 목소리를 변조하지도 않은 채 검후를 비웃었다.

"클클, 어디 한번 해 보거라!"

검후가 전방의 무이동주를 향해 용화수주공을 끌어올리는 순간이었다. 그녀의 발밑에서 묵빛의 기운이 스멀스멀 피어오르더니 검후의 발목을 감쌌다.

콰직!

묵빛의 기운은 발목을 으스러트린 후 하늘로 솟구쳤다.

동시에 땅속에서 검은 그림자가 튕겨 나오며 검후의 등판을 향해 쌍장을 내질렀다.

콰쾅!

호신강기조차 뚫어버린 강력한 일격.

검후는 검붉은 핏물을 분수처럼 쏟아내며 전방으로 튕겨 나갔다.

'기척이 없어!'

그러나 그녀가 반격을 하기도 전에 두 번째 위협이 다가왔다. 무이동주가 기다리고 있던 것이다.

그는 기회를 놓치지 않고 양손을 겹친 후 검후의 가슴을 향해 내질렀다.

콰득!

검후의 가슴이 기괴한 소리와 함께 함몰됐다.

이내 귓가에서 비명이 멀어진다.

시야가 가물거렸고, 육신에 대한 통제권이 사라졌다.

양 무릎이 대지에 닿았고, 이내 상체가 허물어진다.

그녀가 마지막으로 떠올린 사람은 천 리 밖에 있을 한 명의 제자였다.

'연리야. 이겨내거라. 그리고 보타암을……'

그것이 검후의 최후였다.

또한 학살의 시작이었다.

최고수인 검후의 죽음으로 인해 제자들과 무인들은 허망함을 이기지 못한 것이다.

철진 사태의 철장이 꺾였고, 그녀의 육신에 십여 자루의 검이 꽂혀 들었다. 장문 사태는 열 살도 되지 않은 어린 여아의 몸을 끌어안은 채 산화했다.

용검문주, 해사방주, 파랑제일검을 비롯한 동해팔군자들이 한 명씩 생의 기운을 잃고 쓰러졌다.

검후의 죽음 이후 일각도 채 지나지 않아 혈사는 마무리 단계에 접어들었다.

"모두 죽여라!"

처음에 나섰던 왜소한 체구의 중년인이 외쳤다.

그와 함께 살육이 시작됐다.

부상당한 무인도, 불경을 끌어안고 있는 여아도, 평생 동안 절 밖에 나간 적이 없는 노승도 모두 죽었다.

그들의 피는 강이 되어 흘렀고, 혈향에 후각이 마비될 정도였다.

그럼에도 불구하고 복면인들은 조금의 머뭇거림이 없었다. 인간이기를 포기한 악귀나찰처럼 무심한 표정으로 살육을 이어갈 뿐이었다.

"후우……."

무이동주는 거칠게 숨을 몰아쉬며 상처를 매만졌다.

피륙의 상처에 불과했지만, 흉터는 남을 게다.

무이산으로 돌아가서 어떤 핑계를 대야 할지 고민하는 그 앞에 암은이 섰다.

"크큭, 더 늦었으면 내가 죽을 뻔했소."

암은은 묵빛의 기운을 전신에 두르고 있었다.

그 덕에 눈동자만 확인할 수 있을 뿐 표정이나 심중을 확인하기란 요원했다.

"수고했소. 사부님도 그대의 노고를 잊지 않으실 거요."

"그분께 도움이 된다면야 무언들 못 하겠소!"

무이동주가 짐짓 호기롭게 외쳤다.

암은은 고개를 끄덕인 후 나직이 말했다.

"다행이군."

콰드득!

검후의 발목을 으스러트렸던 기운이 다시 한 번 솟구친 것이다. 이번에는 무이동주의 등짝을 양분 삼아 뿌리를 내렸다.

무이동주는 검붉은 피를 줄줄 흘리면서도 의아함을 감추지 못했다.

"어, 어째서?"

"정체가 드러나면 처리한다. 불문율은 익히 알고 있으리라 믿소이다."

암은은 무이동주의 숨이 끊어지는 것을 끝까지 확인한 후에야 돌아섰다.

"유성삼협과 태산구귀도 죽여라. 그리고 보타암으로 이동한다."

종남파의 유성삼협과 태산구귀는 황급히 주변을 노려봤다. 어느새 복면인들이 그들을 포위한 채 살기를 드러내고 있었다.

　"이, 이거 왜 이래? 우리는 같은 편이잖소!"

　하나 대꾸는 어디에서도 들려오지 않았다.

　오히려 그들이 자신들의 정체를 밝힐까 두려웠는지 일절 망설임도 없이 무기를 휘둘렀다.

　잠시 후 열두 구의 시신이 더해졌다.

　복면인들의 다음 행동은 시신의 숫자를 세는 일이었다.

　이미 다수의 동료들이 보타산 주변을 철통 경계하고 있는 상황이 아닌가. 그렇기에 시간이 걸리더라도 꼼꼼하게 시신의 숫자를 확인했다.

　"구백칠 명입니다."

　"다시 한 번 얼굴을 확인해라. 그것을 찾을 때까지 단 한 명도 보타산도에서 빠져나가면 안 돼!"

　복면인들이 바쁘게 시신을 확인하는 사이 암은은 검후와 일행들이 왔던 경로를 턱짓으로 가리켰다.

　"역으로 쫓아가 시신과 부상자를 모두 확인해라. 그리고 사람이든 동물이든 살아 있는 모든 것을 죽여라."

　암은의 고저 없는 목소리가 이어졌다.

　"다시 한 번 시신의 숫자를 세고, 모두 불태워라."

강호의 그 누구도 모르는 사이 보타암이 사라지는 순간이
었다.

　　　　　　＊　　　＊　　　＊

　　혈기오객 또한 혈사에 깊이 관여했다.

　　어림잡아 오십여 명은 죽였을 터였다.

　　모두가 예전과 다름없는 표정을 지었다.

　　그러나 홍표는 멍한 표정으로 시신을 태우는 불길을 응시
했다.

　　그 옆으로 주안이 다가왔다.

　　"아! 난 주안이라고 해."

　　홍표는 기척 없이 다가온 주안을 보고 화들짝 놀라며 대꾸
했다.

　　"예, 당연히 알고 있습니다. 제 친구들이 얼마나…… 크
헉!"

　　주안의 손이 빠르게 홍표의 가슴을 꿰뚫었다.

　　강호에 나온 지 불과 며칠째, 호협을 꿈꾸던 소년 하나가
생을 달리하는 것은 순간이었다.

　　려인이 미간을 찡그렸다.

　　"뭐야? 걔는 왜 죽이고 난리야!"

주안은 빙긋 웃으며 검을 거뒀다.

"예전의 홍표는 경박했지만, 강했어요. 머뭇거리지 않았지요."

살인에 대한 이유는 그것이 전부였다.

려인은 입술을 삐죽거리며 혈기에게 다가갔다.

"오라버니. 저 녀석 완전히 미친 것 아니에요?"

항상 밝은 웃음을 보여주던 혈기는 오히려 표정을 굳혔다.

"검을 휘두를 때 망설임이 있다. 사람은 망설이면 약해져. 그리고 약해지면 등을 맡길 수 없어. 목표가 아이건, 가족이건 대의를 위해서라면 찰나의 망설임도 없어야 해. 그런 놈이라면 처음부터 없는 편이 나아."

려인은 입술을 삐죽거리며 말했다.

"쳇! 오랜만에 귀여운 놈이 왔는데……."

혈기는 철계를 향해 으르렁거리듯이 읊조렸다.

"나락촌에 연통해서 다시 보내라고 해. 이번에도 하자가 있으면 왕 사부도 목을 걸어야 할 것이야."

"전하겠습니다."

한데 갑작스러운 살인이 시선을 끈 것일까.

암은이 물었다.

"무슨 일이냐?"

혈기는 공손히 손을 맞잡으며 말했다.

"쓸모없는 것을 처리했습니다."

"같이 태워라."

"예."

잠시 후 검후가 왔던 곳으로 거슬러 올라간 이들이 돌아왔다.

"육십육 명입니다."

"시신은?"

복면인이 등 뒤를 가리켰다.

그곳에는 복면인들이 몇 개의 자루를 짊어지고 있었다.

"모두 목을 베었습니다."

"확인해라."

암은의 말에 복면인들은 자루를 쏟았고, 다시 한 번 시신을 확인하는 시간이 이어졌다.

몇 번이나 구백칠십삼이라는 숫자를 확인한 후에야 암은의 나직한 한 마디가 흘러나왔다.

"보타암으로 가자."

매일 같이 쓸고 닦으며 경외심을 표하던 불당이 침입자들로 인해 더럽혀졌다. 복면인들은 불가의 사대성지 중 한 곳인 보타암을 제집 뒷간처럼 드나들었다.

"가지고 나올 수 있는 모든 것을 꺼내라."

"불을 밝히고, 기둥이나 벽, 그리고 천장까지 모두 살펴라.

하나의 흔적도 놓치면 안 돼!"

"땅을 다진 흔적이 있으면 파라! 놈들의 짐은 단출했다. 분명 비급과 경전을 어딘가에 숨긴 게야!"

"모두 찾아라. 찾지 못하면 모두 죽는다!"

수백 년의 역사가 무너지는 데에는 그리 긴 시간이 필요치 않았다.

모으고, 살피고, 버리는 행위가 쉼 없이 계속됐다.

암은은 복면인들의 모습을 살피던 중 입술을 달싹거렸다.

[십팔무영에게 명한다. 지금부터 모습을 드러내지 말고 저들을 살펴라. 수상한 자는 죽이고, 수상한 물건은 가지고 온다.]

[따르겠습니다.]

잠시 후 암은만 느낄 만큼 은밀하게 흩어지는 열여덟 개의 기척이 있었다.

*　　　*　　　*

손가락 한 마디 정도의 틈.

그것은 봉일평이 볼 수 있는 시계의 전부였다.

그는 작은 봇짐을 끌어안은 채 미동조차 하지 않았다.

아니, 움직일 수가 없었다.

두려웠기 때문이다.

이곳이 관음전으로 연결되는 회랑의 대청 아래라는 사실도 위안이 되어 주지 않았다.

복면인들이 이곳에 나타났다는 것은 부처의 자비가 통하지 않았다는 증거가 아니겠는가.

평생 수도하던 비구니들도 모두 죽었을 터였다.

'그런데 내가 산다고?'

평범하게 검을 익히고, 평범하게 살아온 자신이다.

부처의 자비가 존재했다면 자신을 대신해서 살아야 할 사람들은 부지기수였다.

그럼에도 불구하고 봉일평은 여전히 숨을 쉬고 있었다.

대단하다는 생각이 절로 든다.

눈앞을 오가는 복면인 중 구할 이상은 자신보다 강할 것이다. 그럼에도 불구하고 누구 하나 자신의 존재를 알아차리지 못했다.

봉일평은 철관 사태를 떠올리며 이를 악물었다.

이곳에는 은기진(隱氣陣)이 펼쳐져 있네.

평소 장문 사태의 장문령부와 보타암의 비보를 숨기는 곳이지. 본래 그 누구도 들어가서는 안 될 신성한 곳이지만, 상황이 그리 좋지 않다네.

장문령부를 제외한 비보를 꺼낸다면 한 사람 정도 몸
　을 누일 곳이 있을 거네.
　　이것을 가지고 숨어 있게.
　　그리고 만약 살아남게 된다면…….

　울고 싶어도 울음이 나오지 않았고, 떨고 싶어도 떨리지
않았다. 봉일평이 할 수 있는 일은 그저 멍하니 누운 채 악귀
나찰들이 사라지기를 기다릴 뿐이었다.
　'제가 자격이 있을지 모르겠습니다.'
　봉일평은 봇짐을 강하게 끌어안았다.
　'하지만 반드시 전하겠습니다. 반드시!'
　한데 다짐도 잠시, 봉일평은 눈을 부릅떴다.
　아무것도 없던 허공에서 검은 기운이 뭉쳐들더니 사람으로
변하는 것이 아닌가.
　검은 안개를 몰고 다니는 사내는 관음전과 만민전 사이에
자리를 잡았다. 그가 주변을 둘러볼 때마다 봉일평은 사신을
만난 것처럼 파르르 떨어야 했다.
　'살아야 해. 살고 싶어. 그런데 살 수 있을까?'
　봇짐을 생명 줄처럼 끌어안고 쉴 없이 읊조렸다.
　그 순간 뇌리를 스치는 한 마디가 있었다.

내가 아는 사람 중에 그 어떤 시련에도 검을 놓지 않
는 사람이 있어. 자질도 실력도 바닥이라서 아무도 그를
인정하지 않아. 하지만 그는 온갖 조롱과 손가락질에도
결코 검을 놓지 않았어.

자신을 현실에서 도망치게 만들었던 한 마디.
그러나 아무리 애를 써도 현실에서 도망칠 수 없었다.
그렇기에 떨쳐낼 수 없었던 한 마디.
'적운비.'
봉일평은 찰나간 눈앞에 보이는 모든 것을 잊고 그 날의
일을 떠올렸다.

세상에는 그런 사람들이 가득해.

가득하단다.
어디 하나 특별할 것 없이 평범하기만 그런 사람들이 말이
다. 세상만사 마음먹기에 달렸고, 천 리 길도 한 걸음부터라
고 하더라.
봉일평은 다시 한 번 강하게 봇짐을 움켜쥐었다.
두렵기는 매한가지였지만, 눈동자만은 흔들리지 않았다.

　　　　*　　　*　　　*

암은은 관음전을 마주한 채 침음을 흘렸다.

생각보다 시간이 지체되고 있었다.

그러나 이번 일에 투입된 인원은 상상을 초월했다.

이미 암은의 등 뒤로는 보타암에서 꺼낸 물건들이 산더미를 이뤘다.

'일단 수색할 만한 곳은 모두 수색했군.'

하나 여전히 반야만륜겁은 오리무중이다.

장서고와 무고에서 귀한 경전과 무공서를 수거한 상태였다. 하나 반야만륜겁이나 비급의 경우에는 어디에 숨겼는지 찾을 수가 없었다.

'비구니들의 봇짐은 모두 뒤졌는데…….'

그뿐이 아니라 옷까지 벗겨서 확인하지 않았던가.

분명 반야만륜겁은 이곳 어딘가에 있을 터였다.

암은은 먼 바다를 응시하며 눈을 가늘게 떴다.

계획대로라면 날이 밝을 때 떠나야 했다. 제아무리 보타산도의 출입을 통제 중이라지만, 시간이 흐르면 어찌 될는지는 아무도 모르는 일이 아닌가.

무엇보다 사부를 위해 하는 일이기에 실수는 용납되지 않는다. 그렇기에 그는 십팔무영에게 쉴 새 없이 전음을 보내며 재촉했다.

한데 그 재촉이 효과를 발휘했나 보다.

[이쪽으로 와보셔야겠습니다.]

암은은 황급히 몸을 날렸다.

관음전을 지나쳐 후원에 도착했다.

그곳엔 서책을 불태운 듯 재가 쌓여 있었다.

"아무래도 불태운 듯합니다."

암은은 자신도 모르게 기세를 발출할 뻔했다.

반야만륜겁으로 인한 문책은 두렵지 않았다. 하나 대계에 필수적인 물건이 아닌가. 반야만륜겁을 찾지 못하면 수많은 사람들이 헛수고를 한 셈이었다.

"빌어먹을!"

그가 분노를 가라앉히는 사이 십팔무영의 다른 수하가 전음을 보냈다.

[무공서를 찾았습니다!]

암은은 눈을 휘둥그레 뜨며 잿더미를 살폈다.

흥분을 가라앉히고 살피니 이상한 점이 눈에 띄었다.

책을 불태운 잔재치고는 너무 적지 않은가.

기껏 해야 수십 권을 불태웠을 정도였다.

'후홋! 시선을 돌리려했던 것인가.'

암은은 기대감에 부푼 채 황급히 몸을 날렸다.

십팔무영 중 여섯이 작은 구덩이를 감싼 채 사방을 경계하고 있었다.

"비켜!"

암은의 일갈에 십팔무영이 비켜섰다.

구덩이에는 수십 권의 서책이 쌓여 있었다. 다급한 상황이었는지 마구잡이로 던져놓은 상태였다.

"모두 상세히 살펴라!"

십팔무영이 달려들었고, 이번에는 암은도 뒷짐만 지고 구경하지 않았다.

보타암의 비급이라고 할 수 있는 무공이 만천하에 드러났다. 기본 검공부터 검강을 아우르는 상승 무공까지 외인들의 손에 거침없이 펼쳐졌다.

하나 암은의 표정은 더욱더 어두워질 뿐이었다.

'반야만륜겁은 불경일 텐데…….'

잠시 후 십팔무영 중 한 명이 조심스럽게 말했다.

"암은께서 들고 계신 것을 제외하면 모두 무공서입니다."

암은은 이를 갈며 짜증 섞인 한 마디를 흘려냈다.

"설마 반야만륜겁을 없앤 건가? 무공서에 비해 가치가 없는 불경일 뿐이야. 한데 어떻게 우리가 그것을 노린다고 예상한 거지?"

"단 한 명도 빠져나가지 못했습니다. 만약 계획을 알았다면 이미 빠져나가지 않았겠습니까?"

수하의 말이 옳다.

운이 나빴다고밖에 표현할 수가 없는 게다.

귀한 불경을 사마외도에게 넘길 수 없고, 그렇다고 탈출할 자신도 없으니 아예 불태운 게다.

그만큼 절박했던 것이리라.

암은은 들고 있던 서책을 무영에게 내던졌다.

그러고는 오늘의 일을 어떻게 처리해야 할지 고민하기 시작했다.

"암은, 이거 조금 이상합니다."

"뭔가?"

"무공서인데 항마에 대한 구절이 있습니다. 그리고 그것에 대한 단편적인 이야기가……."

암은은 무영에게 서책을 받아 들고 상세히 살폈다.

항마능가공이라는 제목처럼 불가의 심법을 써놓은 것이다. 한데 무영의 말처럼 제마멸사를 중심으로 사마외도를 방비하는 것이 주요 내용이었다. 공세를 취하기보다는 진법의 개념으로 방어에 특화된 심법인 셈이다.

'이건 반야만륜겁은 아니야. 하나 비슷하다. 분명 연관성이 있어!'

암은은 회심의 미소를 지으며 서책을 품에 넣었다.

"서책에 보니 항마능가공은 능가아발다라보경이라는 불경에서 비롯된 심법이다. 능가아발다라보경을 찾아라. 그것과 이것을 합치면 분명 반야만륜겁에 닿을 수 있을 것이야!"

하나 무영은 난처한 표정을 지었다.

"그년들이 불경을 모두 불태웠습니다. 불가의 고서라면 구하기가 쉽지 않을 것입니다."

암은은 비릿한 혈소를 흘리며 서쪽을 가리켰다.

"보타암에 있었으니 아미파에도 있을 게다. 너희들은 절검대를 해산시키고, 아미파로 향해라."

"존명!"

"암은께서는 어찌하실 요량인지요?"

그야말로 찰나의 방심이었다.

반야만륜겁을 얻지 못할 것이라는 절망적인 상황에서 희망을 발견했기 때문이다.

또한 오늘 하루 보타암은 사마외도가 점령했다.

게다가 직접 가르친 십팔무영이 사방을 경계하는 형국이 아닌가.

그렇기에 암은의 입에서 자신도 모르게 천하정세를 뒤바꿀 한 마디가 흘러나왔다.

"나는 보고를 하러 사도련으로 간다."

십팔무영은 황급히 흩어졌고, 잠시 후 암은 또한 검은 안개로 변하여 자취를 감췄다.

　오직 손가락 한 마디만 한 틈으로 바깥 세상을 지켜보던
한 사람만이 남아 있을 뿐이었다.

　'사도련이라고? 이런 개새끼들!'

第三章

천성(天性)

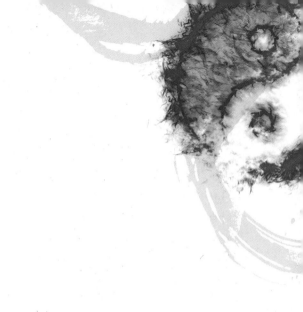

보타암은 소리 소문 없이 멸문했다.

그러나 천룡맹의 군웅회는 강호 전체를 뒤흔들 정도로 요란하게 개최됐다. 패천성과 사도련에서 사신단을 보냈고, 혈마교에서조차 서찰이 전해졌을 정도였다.

게다가 군웅들을 더욱더 놀라게 만든 것은 남경에서 도착한 사절단이었다. 황제의 친서를 지닌 고위 관료가 스무 명의 시중과 이백여 명의 군사를 이끌고 천룡맹에 찾아온 것이다.

아직은 나라의 기틀이 잡히지 않은 시기가 아닌가.

그렇기에 관과 무림이 배척하기보다는 강호의 안녕을 위해 공존을 모색해야 했다.

한데 이러한 시기에 황제의 사절단이 도착했으니 민초들의 반응은 폭발적이었다.

황제가 강호의 주인으로 선택한 곳은 천룡맹이다.

민초들은 그렇게 믿을 수밖에 없었다.

그도 그럴 것이 민초들에게 있어서 황제란 곧 하늘의 아들이 아니던가. 그렇기에 천룡맹의 위상은 군웅회를 통해 하늘을 찌를 것이 분명했다.

이변이 생기지 않는다면 말이다.

한데 먼저 이변을 준비한 쪽은 제갈세가였다.

군웅회 전 천괴의 유산을 찾기 위한 일차 수색대가 천룡맹을 떠났다. 그리고 군웅회 당일 학사들의 수장인 연자광을 포함한 이차 수색대가 산적 퇴치와 혈마교에 서찰을 전하는 목적을 지닌 채 출발했다.

여기까지가 겉으로 드러난 구성원이다.

태상과 제갈수련만이 알고 있는 또 다른 구성원들은 은밀하게 사라졌다. 조룡삼옹(釣龍三翁)과 암격대(暗擊隊)라는 이름을 지닌 태상의 비밀 세력이었다.

적운비는 단도제에게 수색대에 관한 정보를 접한 후 천관원으로 향했다.

"쳇! 뭐가 이렇게 빨라?"

제갈세가는 홀로 모든 일을 처리해야 하는 적운비와 달랐다. 그들은 천룡맹의 사무를 통제하면서, 군웅회를 준비하고, 천괴에 대한 수색을 시작할 만큼 인력의 여유로움을 지녔기 때문이다.

모든 것이 전광석화처럼 진행되니 적운비로서는 매 순간 따라잡기가 불가능할 정도였다.

그리고 천관원에 도착했을 때 예상은 사실이 되었다.

천관원을 감시하던 무인들은 모두 사라졌고, 언제 그랬냐는 듯이 고요하기만 하다.

적운비는 황급히 이학인의 처소로 향했다.

그곳 역시 마찬가지였다.

이학인의 흔적은 어디에서도 찾을 수가 없었다.

'서찰에 관련된 사람들을 모두 데리고 간 것인가?'

비밀 유지를 위해 진짜 감금이라도 한다면 반발이 있었을 것이다. 그러나 함께 찾으러 간다면 학사들이 먼저 발 벗고 나설 것은 당연했다.

적운비는 마지막으로 이학인과 마주했던 정자에서 긴 시간을 보냈다. 하나 이학인이 남긴 흔적이나 단서는 찾을 수가 없었다.

'아!'

정자에도, 자신에게도 남길 수가 없다면 제삼의 인물에게 남기면 되지 않겠는가.

현명한 이학인이 그러한 기회를 놓칠 리 만무했다.

적운비는 입관한 이후 한 번도 찾지 않았던 곳으로 걸음을 옮겼다.

대정원이라는 현판을 지나자 수십 채의 숙사가 나타났다. 원(院)으로 묶였으나 숙사마다 낮은 벽이 있었고, 작은 수련장이 마련되어 있었다.

이미 천룡학관의 지리는 완벽하게 숙지했다.

적운비는 무정선자의 숙사로 머뭇거림 없이 다가갔다.

무정선자는 밤낮으로 수련하던 평소와 달리 얼굴 가득 수심을 드러낸 채 좌정하고 있었다.

"제자 운비가 무정 사고께 인사드립니다."

그녀는 자신의 상념을 깨트린 존재를 확인하고도 놀라지 않았다. 아니, 오히려 기다렸던 사람이 찾아온 것처럼 자연스럽게 손짓을 했다.

"들어와라."

적운비가 다시 한 번 인사를 한 후 맞은편에 자리하자, 무정선자가 곧바로 입을 열었다.

"갑자기 무해가 찾아오더니 이튿날에는 무해의 제자가 찾아왔구나. 갑자기 무슨 일이더냐?"

"사부님이 언제 오셨나요?"

"새벽에 무리를 이끌고 찾아왔다. 천관원의 일로 학사들과 잠시 원행을 갈 것이라 하더군. 그러면서 학관에 있는 제자들을 부탁했다."

"평소와 다른 점은 없으시던가요?"

"글쎄. 무해와 나는 깊이 친분을 나눌 만큼 가깝지 않았어. 아! 그런데 하나 이상한 점이 있더구나."

"그게 뭔가요?"

무정선자는 고개를 갸웃거리며 말했다.

"무해가 너희들을 부탁할 때 이상한 말을 쓰더구나. 건곤노도의 검이 있으니 안심하고 다녀오겠다고 말이야."

적운비는 눈을 가늘게 떴다.

건곤노도란 무당제일검인 벽천자를 가리킨다.

그러니 건곤노도의 검이라면 응당 제자인 무격자가 들어야 할 말이 아닌가.

무정선자도 그것이 의아했나 보다.

"처음에는 벽천 사백께서 청음산수를 가르쳐주셨으니 그럴 수도 있겠구나 싶었다. 한데 아무리 생각해도 무해가 나한테 그런 말을 한 의도를 알 수가 없구나."

적운비는 침음을 삼켰다.

동행한 이들은 분명 제갈세가에서 보낸 감시자들일 것이 분명했다. 제자들을 부탁한다는 핑계로 이곳을 찾아와 밀어

(密語)를 전했을 터였다.

'지금 이 시점에서 사부님이 전하려고 할 내용은 천괴에 대한 단서일 것이야. 한데 어째서 벽천사백조를 거론하신 거지?'

"한데 묻고 싶은 것은 그것이 전부더냐?"

무정선자의 무심한 한 마디에 적운비는 고개를 끄덕였다.

"예, 그렇습니다."

"어쨌든 그 말은 무해가 네게 전하려던 말이겠구나. 그럼 이후의 고민은 네게 맡기마."

적운비는 어색하게 웃으며 뒤통수를 긁적였다.

수련광이라 불리는 무정선자다운 행보라는 생각이 들었다. 한데 무정선자가 수련을 시작하기 전 적운비를 향해 나직이 말했다.

"지난 일에 감사를 표하고 싶구나. 예화가 그날 일로 크나큰 성장을 했단다. 모두 네 덕이다."

적운비는 눈을 휘둥그레 떴다.

장영과 상대하며 얻은 것이 있을 것이라 예상은 했었다. 한데 무정선자가 거론할 정도라면 생각 이상의 성취를 얻었다는 뜻이 아니겠는가.

'예화야.'

적운비는 지금쯤 기쁨과 무심함 속에서 낯뜨거워할 진예

화를 떠올리며 입꼬리를 올렸다.

＊　　　＊　　　＊

진예화의 성장은 기뻐할 만하다.

제자가 성장하면 문파 또한 성장하지 않겠는가.

성장의 원동력이 될 수 있는 재료는 많으면 많을수록 좋았다.

하나 적운비는 진예화에 대한 기특함을 잠시 마음 한구석에 미뤄둬야 했다.

지금 이 순간은 구궁무저관에 집중해야 할 시기였다.

동천우하(東天宇下)는 물론이고, 이학인이 벽천자를 거론한 이유까지 머릿속을 가득 채웠다.

'일단 학관에서 얻을 건 대충 다 얻은 것 같은데……'

지금까지의 단서로 보았을 때 무당산과 구궁무저관을 따로 떼놓고 생각하기란 요원했다.

그러니 지금이라도 무당산으로 돌아가서 구궁무저관을 찾는 것이 낫지 않을까 싶었다. 게다가 천괴의 서찰은 결국 검천위의 초대장으로 밝혀지지 않았던가.

확신할 수는 없지만 검천위와 구룡검제가 천괴를 초청했다면 그 장소는 구궁무저관일 가능성이 농후했다.

하지만 적운비는 이내 고개를 내저었다.

'확실해야 해!'

무당산 복귀는 어렵지 않았다.

그러나 한 번 학관을 떠나면 돌아오기란 불가능했다. 그러니 만전을 기한 후에야 학관을 떠날 수 있으리라.

게다가 제갈수련은 여전히 학관에 머물고 있었다.

그녀의 존재는 수색대가 구궁무저관의 위치를 확신하지 못한다는 반증이리라. 그녀가 천룡학관을 떠나기 전이라면 아직은 안심할 여지가 존재했다.

한데 적운비는 숙소로 향하던 중 누군가에게 시선을 빼앗겼다. 무교의 복장을 한 장년인이 사람도 다니지 않는 소로를 청소하고 있었다.

'무교가 왜 저런 일을?'

가까이 다가갈수록 의구심은 깊어졌다.

무교는 자신의 집 앞마당을 청소하는 것처럼 세심하게 비질을 했다. 그리고 관도들이 버렸을 것으로 추정되는 술병과 쓰레기를 자루에 넣었다.

양손은 이미 오물로 지저분했다.

하지만 무교는 소로를 청소하는 것에 그치지 않고, 공터까지 비질을 이어갔다.

'저런 사람이 있었던가?'

적운비가 다가가자, 무교가 허리를 폈다.

"자네는 학관의 의복을 입은 것으로 보아 관도인 듯한데 처음 보는군."

무교의 말에 적운비는 황급히 손을 모았다.

"무당의 적운비라고 합니다. 이번에 학도인의 자격으로 추가 입관했습니다."

"아! 위에서 한 일이군."

한데 무교의 표정에는 쓸쓸함이 가득했다.

"어찌 그런 표정을 지으시는 건지……."

"배움에는 때가 있다지만, 함께 수학하는 동문의 역할도 크다고 생각하네. 이처럼 필요에 의해 입관 시기를 결정한다면 결국 피해를 보는 쪽은 자네들과 같은 관도가 아니겠는가."

적운비로서는 탄성을 흘릴 수밖에 없었다.

냉정하게 느껴질지 모르지만, 입관한 이후 처음으로 교사의 모습을 발견했기 때문이다.

"열심히 해야지요."

"쯧, 자네도 고생이 많겠군. 무당의 제자라면 책임감이 상당할 터, 어서 가던 길을 가게나."

적운비는 무교가 손짓을 했지만, 쉬이 발길을 돌리지 못했다. 뒤늦게 무교의 얼굴을 확인하고, 옛일을 떠올렸기 때문이다.

그는 입관하던 첫날 도박판을 벌인 장영을 혼냈던 무교였다. 그리고 부관주에게 크게 혼쭐이 났던 무교이기도 했다.

'올곧은 분이구나.'

적운비는 발길을 돌리는 대신 무교를 도와 쓰레기를 줍기 시작했다.

"자네, 뭐하는 건가?"

"도와드리려고요."

무교는 고개를 내저었다.

"관도의 본분은 수련에 힘쓰는 것이야. 그러니 괜히 힘쓸 필요 없네."

적운비는 빙긋 웃으며 말했다.

"그렇게 따지자면 무교께서도 관도들을 가르치셔야 되지 않겠습니까?"

무교는 헛웃음을 흘렸다.

"되바라진 관도로고. 자네 마음대로 하게."

적운비는 무교의 뒤를 따르다가 눈치를 보며 물었다.

"사실 입관할 때 멀리서 뵌 적이 있습니다."

"나를?"

"도박판을 벌이던 장영을 훈계하셨지요."

무교의 낯빛이 어두워졌다.

"그리고 부관주께 인사드릴 때 밖에 있었습니다."

"그런가?"

"혹시 그 일로 이런 허드렛일을……."

적운비가 조심스럽게 물었지만, 무교는 단호하게 말했다.

"어지럽힌 녀석들에게 무슨 잘못이 있겠느냐? 우리 어른이 관도들을 바로잡지 못한 탓이다. 그저 외부인에게 이런 지저분한 모습이 들킬까 봐 두려워 치우는 것일 뿐이지. 그리고 관주께서 은거하신 이상 부관주는 학관의 책임자가 아니더냐? 그분은 사사로이 공과를 결정하는 분이 아니란다."

이제야 무교의 표정이 어두워진 이유를 알겠다.

그는 학관의 정체성을 중시하는 게다.

교사는 교사답게, 제자는 제자답게.

현실이 그렇지 않으니 더더욱 조심하는 것이리라.

흡사 어른들이 위기의 순간에 말하는 것처럼 말이다.

너희들은 신경 쓰지 않아도 돼. 별일 아니란다.

그저 수련에 매진하거라.

무당에서 흔히 듣던 이야기가 아닌가.

적운비는 무교의 뒤를 따르면서 입꼬리를 올렸다.

그리고 전보다 열정적으로 무교의 일을 도왔다.

'이런 분이 대접받아야 마땅한데……'

잠시 후 무교와 적운비는 다시 만날 것을 기약하며 헤어졌다.

적운비는 숙소에 돌아온 후 한숨을 내쉬었다.

'하아, 그리고 보니 며칠 동안 제대로 수련도 못 했네.'

제아무리 양의심법이 상고의 기공이라고 해도 꾸준한 수련과 해석은 필수였다. 하나 단서를 추적하다 보니 자연스럽게 수련을 게을리할 수밖에 없었다.

한데 적운비가 상념에 잠기려는 순간 방문을 두들기는 소리가 있었다.

"나야."

낯익은 목소리.

하지만 적운비는 문을 여는 순간까지 상대를 확신하지 못했다.

그만큼 상대의 방문은 의외였다.

상대 역시 적운비의 심경을 눈치챘는지 멋쩍은 표정으로 말했다.

"의외지?"

왕차재의 말에 적운비는 헛웃음을 흘렸다.

"하아…… 못 알아볼 뻔했네?"

문을 열고 마주한 왕차재는 예전과는 천양지차의 모습을 하고 있었다. 수련을 게을리하고, 약에 취했던 예전 모습은 찾아볼 수조차 없었다. 마치 다른 사람을 마주하는 듯했다.

왕차재는 쑥스러운지 턱을 쓰다듬었다.

적운비는 그사이 왕차재의 변화를 살폈다.

왕차재의 눈동자는 예전보다 나아졌을 뿐 여전히 혼탁했다. 그리고 불안한 듯 주변을 두리번거리는 모습 또한 여전했다. 하나 심경의 변화가 있었는지 몸을 정갈히 하고, 깨끗한 의복을 갖췄는데 그것이 전에 비해 훨씬 나아 보였다.

'정신 차리기를 바랐지만, 이렇게 빨리 될 줄이야.'

적운비는 찰나간 자신도 모르게 미소를 지었다.

일전에 왕차재와 소령을 마주하면서 느꼈던 실망감이 눈 녹듯 사라질 정도였다.

이것이 바로 무당의 저력인 걸까?

적운비는 문가에서 슬며시 비켜섰다.

"들어올래?"

왕차재는 의외로 고개를 내저었다.

"아니."

"할 말이 있어서 온 것 아니냐?"

적운비의 말에 왕차재는 어색한 웃음을 보이며 뒤통수를 긁적였다.

"딱히 할 말이 있어서 온 건 아니야. 그냥 나를 보여주고 싶었어."

"……."

왕차재는 입이 트인 것처럼 술술 속내를 털어놨다.

"무당에 폐를 끼친 내가 하루아침에 용서받기를 바라지는 않아. 그저 지금부터는 예전과 다를 것이라는 말을 하고 싶어서 왔을 뿐이야."

적운비는 폭소를 터트렸다.

하나 조롱의 의미가 아닌 통쾌함의 웃음이었다.

"하하, 네가 이렇게 바뀌다니? 큰 병을 앓고 나면 사람이 바뀐다더니 그런 건가?"

왕차재는 희미한 웃음을 지으며 돌아섰다.

"그래, 그렇게 봐주면 고맙지. 이만 가볼게. 검을 오랫동안 놓은 탓에 더 열심히 해야 해."

적운비는 계단을 내려가는 왕차재의 등을 향해 말했다.

"다음에 술이나 한잔 하자."

"좋아!"

호쾌한 대꾸와 함께 왕차재가 사라졌다.

적운비는 한참 동안 문가에 서서 왕차재의 존재감을 만끽했다.

'그래, 모든 걸 내가 해결해야 할 필요는 없는 거야. 저 녀

석처럼 알아서 해결하는 녀석도 있잖아.'

복잡한 심경이야 여전했지만, 왠지 모르게 온몸에 활력이 돋았다.

사람의 천성만큼 바뀌기 어려운 것이 없다지만, 한번 바뀌면 돌변하는 게 바로 천성이 아닌가. 그렇기에 부끄러워하는 녀석의 모습조차 대단하게 여겨질 정도였다.

✻　　　✻　　　✻

왕차재는 숙사를 벗어난 후 더욱 걸음을 재촉했다.

한데 그는 적운비에게 호언장담했던 것과 달리 홍문원 쪽으로 향하는 것이 아닌가.

"오셨나요."

기녀가 배시시 웃으며 왕차재를 반겼다.

하나 왕차재는 기녀에게 눈길도 주지 않은 채 숨을 거칠게 몰아쉬었다.

"다들 어디 있소?"

기녀가 왕차재의 대응이 익숙한지 빙긋 웃으며 안내했다.

"안내해 드릴게요."

두 사람이 향한 곳은 홍문원의 꼭대기 층으로 아무나 드나들 수 없는 특실이었다. 왕차재는 곧 정인을 만날 사람처럼 얼굴을 붉히며 문을 열어젖혔다.

그곳에는 이미 술판이 한창이었다.

상석에 앉은 세 사람 중 한 명이 기녀들을 향해 손을 내저었다.

"모두 나가."

왕차재는 기녀들이 방을 나서자마자 숨을 거칠게 몰아쉬며 말했다.

"내놔."

하나 세 사람 중 누구도 대꾸를 하지 않았다.

누구는 창밖으로 시선을 고정했고, 누구는 쉴 새 없이 술잔을 기울인다. 그중 처음부터 왕차재와 시선을 마주하고 있던 이가 피식 웃으며 말했다.

"약발이 생각보다 일찍 떨어지네."

왕차재는 아예 전신을 부르르 떨며 소리쳤다.

"빨리 내놔!"

"정상처럼 보이려고 평소보다 세 배나 먹었잖아. 그런데 또 먹는다고?"

왕차재는 표정을 일그러뜨렸다.

"어서, 어서 줘."

사내는 손바닥만 한 검은 주머니를 흔들며 말했다.

"이거 비싼 거야. 알지?"

왕차재는 아예 울상을 지었고, 이내 무릎을 꿇고 사정하듯
외쳤다.

"제발, 제발 줘. 시키는 대로 다 했잖아. 토씨 하나 빼먹지
않고 다 했단 말이야. 그러니까 제발……."

그제야 무령당의 소당주인 무화운이 입꼬리를 올리며 검은
주머니를 내던졌다.

"잘했어."

왕차재는 간간이 경련을 일으킬 뿐 죽은 사람처럼 미동이
없었다.

무화운이 건넨 것은 평소보다 세 배는 정제된 몽혼연이 아
닌가. 그러니 지금쯤 왕차재는 삶과 죽음의 경계에서 기괴한
쾌감에 몸부림치고 있을 터였다.

창밖을 응시하고 있던 육가인이 무심한 어조로 말했다.

"네가 말한 대단한 계획은 저런 녀석에게 의지해야 하는
것이더냐?"

무화운은 키득거리며 웃었다.

"적운비라는 녀석의 행적을 보면 우리와 달라. 그 녀석은
썩은 동아줄도 쉬이 버리지 못할 만큼 유약해."

장영은 술잔을 내려놓고 코웃음을 쳤다.

"그러니까 저놈을 괴롭히면 적운비가 나온다는 거잖아. 그

래서 뭘 어쩌라고? 나는 그 진예화라는 계집을 떡이 되도록 두들겨 패야 속이 풀린다고. 저런 냄새나는 놈이야 어떻게 되든 상관없어!"

무화운은 으르렁거리는 장영을 달래며 말을 이었다.

"적운비는 왕차재를 신경 쓰는 게 아니야. 녀석의 머릿속에는 무당파가 전부거든. 그러니까 무당의 제자라면 누구나 녀석의 역린이 된다. 무슨 말인지 알겠지?"

육가인이 입꼬리를 올리며 헛웃음을 흘렸다.

"적운비라는 놈도 정상은 아니군."

"크큭! 그래, 녀석에게 무당파는 장난감이야. 네가 계집을 장난감처럼 다루듯이 말이야."

무화운은 뒷말을 속으로 읊조렸다.

'그리고 너희들은 내 장난감이 되겠지.'

*　　*　　*

무화운이 잡은 특실은 복도의 끝이다.

하나 그 옆에는 아무도 알지 못하는 밀실이 존재했다.

그곳에는 일남일녀가 마주앉은 채 옆방의 소리에 귀를 기울이고 있었다.

"어린놈들이 아주 되바라졌군."

도시는 흉터가 간질거리는지 연방 눈매를 꿈틀거렸다.

맞은편에 앉은 평등은 홍문원의 주인답게 화려한 의복을 착용했으나, 표정은 사뭇 심각했다.

"정파의 허울을 쓰고 있을 뿐, 속내를 살피면 사마외도와 다를 바가 없지."

"원주는 어쩔 요량이야? 그냥 두고 볼 텐가? 먹잇감은 하나인데, 노리는 것은 둘이라? 클클, 이러다가 손가락만 빨지도 모르겠군."

도시는 손가락으로 입매를 쓰다듬으며 음흉하게 웃었다. 하나 평등은 도시를 안중에도 두지 않는지 심각한 표정을 유지했다.

"명부사자는 언제 잠입하지?"

"내일 낮, 지방에서 올라온 상인으로 위장해서 천룡맹으로 들어간다고 연통이 왔어."

평등의 눈매에 살기가 감돌았다.

이때만은 도시도 음흉한 표정을 지운 채 시선을 피해야 했다.

"적운비는 우리 손에 죽어야 해. 그래야 살인을 의뢰한 제갈치광을 쥐고 흔들 수 있지. 방해는 용납할 수 없어."

"그럼 어쩔까? 나라도 나설까?"

평등은 고개를 내저었다.

"홍문원을 지켜라. 웃음을 파는 저 아이들도 우리가 품어야 할 씨앗이야."

"그럼?"

"사자 중 잠행술이 가장 뛰어난 자를 불러."

도시는 잠시 고개를 갸웃거리다 물었다.

"누구에게 붙일 텐가?"

평등은 눈을 가늘게 뜬 채 읊조렸다.

"무화운. 저놈한테서 위험한 냄새가 난다. 여차하면 목을 따 버리라고 해."

도시는 평등의 살벌한 눈빛에 헛기침만을 할 뿐 아무런 말도 하지 않았다.

평등의 심기가 불편한 지금 그녀의 진면목을 아는 사람이라면 침묵을 지켜야 함을 모르지 않을 터였다.

잠시 후 평등이 물었다.

"지장은?"

도시의 입가에 다시 미소가 돌아왔다. 평등은 지장을 언급할 때 결코 살심을 드러내지 않기 때문이다.

"노인네를 꼬드겨서 저잣거리를 구경하러 갔을걸?"

평등은 눈매를 꿈틀거리며 물었다.

"오도전륜이? 그분이 아가씨와 나갔다고?"

"그렇소. 노인네가 하겠다는데 누가 막아. 나도 어쩔 수 없었지."

평등은 잠시 못마땅한 표정을 지었지만, 이내 한숨을 내쉬었다. 매일같이 갇혀 지내는 지장에 대한 안타까운 마음을 이기지 못한 것이다.

그 모습을 본 도시의 흉터가 꿈틀거렸다.

'쯧쯧! 그래서 너희들은 안 되는 거다. 어린 계집에게 인생을 건 패배자들 같으니라고!'

＊　　　＊　　　＊

적운비는 자신에게 다가오는 위협을 인지하지 못했다.

아니, 그것은 사람이라면 당연한 일이 아니겠는가.

그는 그저 왕차재의 방문 이후 한결 편안해진 마음으로 수련 장소로 향했을 뿐이다.

연무장에는 이미 사십여 명 정도의 관도가 편한 자세로 무교를 기다리고 있었다.

'오늘은 평소의 두 배네. 웬일이래?'

적운비가 놀라는 것도 당연했다.

관도들이 문교와 무교를 백안시하는 것은 하루 이틀의 일이 아니었다. 그렇기에 강론이나 수련을 해도 스무 명 남짓 모이는 것이 전부였다.

게다가 오늘은 군웅회가 열린 첫날이 아닌가.

군웅회의 행사를 구경하거나 강호에 이름난 무인들과 친교를 나눌 수 있는 절호의 기회였다.

그렇기에 적운비는 연무장에 오기 전까지만 해도 십여 명 정도만이 모였을 것이라 예상했다.

관도들이 그처럼 많이 모인 이유는 그들의 대화를 통해 쉬이 짐작할 수 있었다.

"군웅회로 돈을 벌겠다는 상인들이 떼로 몰려왔다더라. 황정루도 좌판을 열었다던데……."

"황정루 술이 그렇게 기가 막히다면서?"

"한 잔 빨기 시작하면 밤새는 건 기본이라더라."

"아쉽네. 그런 곳이면 인파도 장난이 아닐 텐데. 우리 이러다가 구경도 못 하면 어뜩하냐?"

"어차피 오늘은 예약이 꽉 찼을걸? 가봤자 소용없어. 그리고 서문벽이 복귀했잖아. 오늘 수업 듣고, 내일 빠지는 게 나아."

적운비는 관도들의 대화를 듣던 중 고개를 갸웃거렸다.

그의 기억 속에 서문벽이라는 이름은 없었다.

그 말은 곧 학관에서 큰 영향력을 끼치는 인물은 아니라는 뜻이다.

"서문벽이 복귀했다고? 부관주한테 단단히 찍혔다더니 벌써 근신이 풀린 거야?"

"그러게 말이다. 제일 귀찮은 인간이 풀려났으니 당분간은 듣는 척이라도 해야지. 그 인간한테 찍히면 군웅회가 끝날 때까지 잔소리를 들어야 할걸?"

"으으!"

적운비는 진저리까지 치는 관도들을 보며 침음을 삼켰다. 서문벽이라는 사람은 이번 수련을 지도하는 무교일 것이다. 한데 지금껏 학관에서 저런 평가를 듣는 무교나 문교는 들어 본 기억이 없지 않은가.

자연스럽게 지난번 관도들의 뒤처리를 하던 무교가 떠올랐다.

'그분 같은 무교가 또 있는 건가?'

무교의 정체가 궁금했다.

적운비는 주변을 살피며 마땅한 상대를 찾았다.

무가의 제자들과는 달리 유독 게을러 보이는 관도였다. 퀭한 눈빛과 지저분한 무복, 불그스름한 얼굴을 보면 정상적인 녀석이라고는 생각하기 어려웠다.

"야."

적운비의 부름에 관도는 눈을 휘둥그레 떴다.

단도제가 말했듯 적운비의 이름은 학관 내에 상당히 퍼진 상태였다.

악명 아닌 악명으로 말이다.

"왜?"

"서문벽이 누구냐?"

관도는 이름을 듣는 순간 미간을 찡그렸다.

꼴을 보아하니 이 녀석도 다른 관도들처럼 억지로 나온 것이 분명했다.

"제일 개념 없는 무교. 천지분간 못 하고 여기저기 참견하기를 좋아하는 위인이지."

적운비는 관도의 욕설에 살며시 미간을 찡그렸다.

손윗사람을 평하는 모습에 평소 행실이 고스란히 드러났다. 하나 정보를 얻어야 하니 잠시 짜증을 숨긴 채 귀를 기울였다.

"그런 무교가 있었어?"

관도는 적운비가 동조한다고 여겼는지 신을 내며 말을 이었다.

"네가 아직 못 봐서 그래. 사제 관계를 못 맺어서 죽은 귀신이 들렸는지 아주 하루 종일 잔소리라니까. 학관에서 그를 좋아하는 사람은 아무도 없을걸?"

적운비는 고개를 갸웃거렸다.

"그런데 왜 온 거야? 평소처럼 그냥 너희들 마음대로 놀러다니면 되잖아. 설마 너희들이 이제 와서 무교를 존경하는 마음이 생겼을 리도 없고 말이야."

관도는 한숨을 내쉬었다.

"하아…… 서문벽은 일보철권의 사손이야."

"일보철권?"

"천룡학관의 창립자 중 한 명인 일보철권의 직계지."

적운비는 현현전과 학관의 서고에서 취합한 정보를 떠올렸다.

일보철권(一步鐵拳)은 철권문(鐵拳門)의 문주로서 천룡학관 창립 당시 연판장에 날인한 사람이다.

지금으로 따지자면 서기병문의 문주에 버금갈 정도로 천룡맹의 중진이었다는 뜻이다. 한데 철권문은 일보철권의 후계자를 정하는 과정에서 사분오열하여 예전의 성세를 잃었다.

'명문의 후손이군. 그래서 관도들도 함부로 대할 수 없는 건가?'

적운비는 속으로 감탄을 하면서도 반문했다.

"창립자의 후손이라는 것만으로도 대우를 해 준다고?"

관도는 혀를 끌끌 찼다.

"그건 아니지. 서문벽의 사부가 학관주랑 친분이 있더라고. 아마 학관주를 추천한 사람 중에 서문벽의 사부도 있었을걸. 그러니까 학관주가 서문벽을 싸고돌지."

적운비는 탄성을 흘렸다.

자신의 존재를 지우기 위해 노력하는 이현이 아닌가.

그가 대놓고 감쌌다면 두 사람의 사이는 범상치 않을 것이 분명했다.

'누구지?'

그 순간 관도의 한 마디가 귓가에 흘러들어 왔다.

"쯧, 문파가 망했으면 알아서 떨어져나갈 것이지. 왜 학관에서 버티는 거야. 여러 사람 피곤하게!"

제 딴에는 조그맣게 중얼거렸겠지만, 적운비의 청력은 작은 읊조림조차 그냥 넘기지 않았다.

"야! 뭐라고 그랬냐?"

적운비가 인상을 쓰며 묻자, 관도는 흠칫 놀라며 엉덩이를 뺐다. 뒤늦게 적운비가 무당의 제자라는 사실을 떠올린 게다.

"그게, 그게 아니라…… 너한테 한 이야기……."

하나 적운비의 발은 이미 관도가 앉아 있는 의자를 걷어찬 뒤였다. 의자는 저 멀리 튕겨 나갔고, 관도는 엉덩방아를 찧으며 신음을 내뱉었다.

적운비는 턱짓으로 저 멀리에 있는 의자를 가리켰다.

"가."

관도는 한 마디 대꾸도 못 한 채 엉덩이를 비비며 걸음을 내디뎠다. 몇몇 관도가 힐끔거렸지만, 적운비의 싸늘한 눈빛을 마주한 순간 눈을 내리깔아야 했다.

'후훗, 악명도 이럴 때는 좀 쓸 만하네.'

잠시 후 연무장으로 들어서는 장년인이 있었다.

한데 그는 이미 적운비와 안면이 있는 무교였다.

장영을 훈계했고, 부관주로부터 근신 처분을 받았으며, 함께 쓰레기를 치웠던 사람이었다.

적운비는 안타까움에 한숨을 흘렸다.

'저분이 서문벽이구나. 이런 예상은 좀 틀려줘도 되는데 말이야.'

적운비는 씁쓸한 표정을 지었다.

그러나 이내 만면에 웃음을 띠며 서문벽의 언행에 집중했다.

어찌 됐든 학관에서 얻을 수 있는 것은 모두 얻은 상태가 아닌가. 혹시나 놓친 정보가 없는지 다시 한 번 되새기는 상황이었다. 그러니 내일이라도 당장 미련 없이 학관을 떠날 수 있을 터였다.

마지막 수업이 될 수도 있는 상황이다.

적운비는 무교가 서문벽이라는 사실에 감사했고, 한편으로는 마음속으로 죄송스러움을 금치 못했다.

학관 전체의 분위기가 흉측하게 일그러진 상태였다.

하지만 그는 관도들을 포기하지 않았고, 교육에 대한 열의로 모든 것을 극복하고자 했다.

'저는 저대로 할 일이 있습니다. 그저 죄송하다는 말밖에 드릴 말씀이 없네요.'

서문벽의 노력이 빛을 발하지 못할 것임을 알기에 자연스럽게 생겨난 미안함이었다.

"모두 오랜만이다. 군웅회로 인해 심란할 텐데 수련에 참석한 너희들의 의지가 참으로 기특하구나. 너희들의 열의에 뒤지지 않도록 나 또한 분발하마."

서문벽은 근신하는 동안 마음고생이 심했는지 초췌하기 그지없었다. 하나 눈빛만은 장영을 훈계할 때와 다름없이 부리부리하게 번쩍거린다.

하나 관도들은 투덜거릴 뿐이었다.

"기특은 개뿔!"

"군웅회가 열렸는데도 수련을 끝까지 하겠다고?"

하지만 서문벽은 개의치 않고 말을 이었다.

그는 수련에 들어가기에 앞서 적을 상대할 때의 마음가짐을 논하는 데에만 상당한 시간을 할애했다.

적운비는 속으로 탄성을 흘렸다.

각 무파의 제자들로 이뤄진 수업이다. 그러니 오만한 그들에게는 검을 휘두르는 것보다 마음가짐을 바로잡는 것이 우선적으로 필요할 터였다.

서문벽의 의도는 적운비가 생각하던 교육의 방침과 상당 부분 일치했다.

'진짜 올곧으신 분이네. 저런 분이 차라리 무당에 계셨다면…….'

강론이 이어질수록 그의 진심이 와 닿았다.

물론 모든 관도들이 적운비와 같은 마음인 것은 아니었다.

쾅!

누군가 연무장의 외벽을 두드렸다.

가장 구석에 앉아 있던 관도가 짜증을 낸 것이다.

서문벽은 미간을 찡그리며 물었다.

"누구냐?"

대답은 들려오지 않았다.

"누구냐고 물었다!"

이번에도 대답은 들려오지 않았다.

이쯤 되면 단순히 무교를 무시하는 것이 아니라 무교의 권위 자체를 부정하는 것이나 다름없었다. 이러니저러니 해도 서문벽은 무교였고, 관도들은 제자였기 때문이다.

서문벽은 성큼성큼 걸음을 옮겼다.

그러고는 삐딱한 자세로 앉아 있는 관도를 내려다보며 말했다.

"네가 그랬느냐?"

"……."

"네가 그랬냐고 묻지 않느냐!"

관도가 혀를 차며 서문벽을 올려다봤다.

그러고는 비아냥거리듯이 한 마디를 내뱉었다.

"그래서 뭐 어쩌라고요?"

관도의 반항에 놀란 것은 비단 서문벽만이 아니었다.

다른 관도들 역시 눈을 휘둥그레 뜬 채 당황스러움을 금치 못한 듯 꿀 먹은 벙어리가 되어 있었다.

지금껏 보이지 않게 교사들을 무시한 것은 사실이지만, 이처럼 대놓고 반항을 한 것은 처음이기 때문이다.

그것도 서문벽이라는 가장 꼬장꼬장한 무교를 대상으로 말이다.

다른 무교나 문교였다면 어색한 헛기침을 내뱉으며 자리를 뜨려 했을 게다. 하나 서문벽은 눈을 부릅뜬 채 관도를 노려볼 뿐이다.

"지금 뭐라고 했느냐?"

서문벽의 감정 변화가 고스란히 섞인 한 마디였다.

하나 관도 역시 자신의 감정을 숨기지 않았다. 오히려 차라리 잘됐다고 여겼는지 더욱 목소리를 높였다.

"어쩔 거냐고 했습니다!"

서문벽은 목에 핏대까지 세운 채 대드는 관도를 보며 온몸을 부들부들 떨었다.

"어찌 배움을 청하는 제자가 이처럼 무도할 수 있단 말인
가! 사서의 논어와 중용을 생각해 봐라. 사람은 인의와 예법
으로 도리를 알아야 하며……."

서문벽의 준엄한 외침이 이어지는 가운데 관도의 비아냥거
림이 섞여들었다.

"훗! 배움을 청하긴 개뿔. 뭐 어쩌라는 거야?"

"……."

"벌써 끝났습니까?"

관도는 아예 입꼬리마저 올린 채 서문벽의 시선을 맞받아
쳤다.

서문벽은 핏발 선 눈으로 씹어뱉듯이 말했다.

"나가라. 넌 강론을 들을 자격이 없다!"

하나 관도는 히죽거리며 어깨를 으쓱거렸다.

"전 여기가 편한데요. 그냥 신경 끄시고 하던 일 마저 하시
지요."

"나가라는 말 못 들었느냐?"

서문벽의 눈에서 강렬한 기파가 터져 나왔다.

하나 관도는 명색이 무교인 서문벽 앞에서 내공을 일으켰
다. 그러고는 서문벽의 기파를 가볍게 흘려낸 후 한 마디를
내뱉었다.

"여기가 편하다고."

서문벽은 차마 관도가 내공을 일으킬 것이라고는 예상하지 못했는지 말까지 더듬으며 분노를 금치 못했다.

"이! 이놈이!"

관도는 자신에게 집중된 시선들을 즐기듯 더욱 기고만장하게 외쳤다.

"이놈이라니! 일개 무교가 누구한테 놈! 놈! 거리는 거야? 언제부터 학관에서 무교가 어깨에 힘을 주고 다녔던 거지? 엉!"

관도의 악다구니에 잠시나마 연무장에 서늘한 침묵이 맴돌았다.

*   *   *

안휘성 북부의 경석산은 황산, 구화산과 더불어 안휘삼정이라 불릴 정도로 산세가 험하다. 한데 경석산은 남궁세가의 영역인 황산이나 구화산과 달리 북부에 동떨어진 주인 없는 산이었다.

그런데 경석산은 강소성과 하남성, 그리고 안휘성을 연결하는 지리적 요충지로 유명했다.

이곳에 적도산장(赤刀山莊)이 들어선 것은 수백 년도 전의 일이었다. 하지만 지금의 눈부신 성장을 이뤄낸 것은 새 나라의 수도가 남경으로 정해지고, 천룡맹이 창설된 이후부터였다.

지리적 요충지라는 장점이 있었기에 가능한 일이었다.

강소성 남경에서 출발한 상단이 중원의 중심부로 향하려면 반드시 경석산을 지나야 했다. 그리고 상단과 표국은 경석산을 지나야 천룡맹으로 향할 수 있었다.

그렇게 적도산장은 수만금을 쌓았고, 그 재화는 모조리 천룡맹의 상층부와 남경의 고위 관리들에게 뿌려졌다.

어느 순간부터 적도산장의 위상은 눈부시게 올라갔다.

그리고 이제는 서쪽에 서기병문과 삼문비당이 있다면 동쪽에는 적도산장이 있다는 말까지 심심치 않게 흘러나올 정도였다.

그리고 적도산장의 유일한 후계자가 바로 지금 서문벽에게 대거리하는 관도, 후인경이었다.

육가인이나 장영, 제갈치광과 달리 후인경은 바깥출입을 자제하는 편이었다. 패천성과 맞닿은 삼문비당이나 서기병문의 자제들은 무인과의 교류를 중시한다. 하나 적도산장의 소장주인 후인경은 오히려 남경의 고위 관료들을 접대하는 것으로 존재감을 드러냈다.

그렇기에 학관 내에서의 위명은 남들보다 못한 감이 있었다. 하나 자존감만 따진다면 후인경을 따를 자가 없을 정도였다.

후인경은 아예 뒷짐을 진 채 턱을 꼿꼿이 세웠다.

수련장의 분위기가 차갑게 내려앉았지만, 그는 전혀 개의치 않았다. 누구도 자신을 건드리지 못할 것이라는 자신감이 있었기 때문이다.

"아직도 천룡학관이 배움의 산실이라고 생각하는 어리석은 작자가 있다니…… 통탄할 일이로군!"

후인경은 금수저를 물고 태어난 명가의 후예답게 거침없이 독설을 내뱉었다.

"강호는 힘으로 움직인다. 권력, 재력, 무력이 있어야 고개를 들고 다닐 수 있는 거라고! 그렇다면 이것을 얻기 위해서는 무엇이 필요한가? 바로 인맥이다! 사제관계, 교우관계, 이해관계를 아우를 수 있는 인맥이 있어야 힘을 가질 자격이 생기는 거라고! 학관은 그 자격을 증명하기 위한 기관이다."

서문벽은 벌게진 얼굴로 거칠게 숨을 몰아쉬었다.

지나칠 정도로 당당한 후인경의 언사에 분노가 머리끝까지 치솟은 것이다.

"놈! 학관의 이념을 조롱하는 것이더냐! 어찌 관도가 학관을 이토록 폄하할 수 있단 말이더냐?"

후인경은 서문벽의 일갈에도 웃음을 지우지 않았다.

오히려 서문벽을 향해 걸음을 옮겼다. 두 사람의 거리는 이내 주먹 하나가 겨우 들어갈 만큼 좁혀졌다.

하나 후인경은 걸음을 늦추지 않았다.

그는 서문벽과 시선을 마주한 채 조롱이 가득 담긴 한 마디를 내뱉었다.

"못 할 이유가 뭔데? 무교라는 직함이 진짜 사부라도 되는 줄 알았던가? 지금! 적도산장의 소장주인 내게 고개라도 숙이라는 거냐?"

나직한 읊조림으로 시작한 말은 이내 외침이 되어 관도들에게 꽂혀들었다.

서문벽은 온몸을 부들부들 떨다가 고개를 떨궜다.

제자에게 당했다는 수치심보다 허무함이 더욱 컸다.

지금껏 수모 아닌 수모를 당하면서도 꿋꿋하게 버틸 수 있었던 것은 자신이 틀리지 않았다는 자부심 때문이었다.

한데 서문벽의 자부심은 후인경의 조롱으로 산산조각 났다.

퍽!

후인경은 서문벽을 밀치며 앞으로 나섰다.

실의에 빠진 서문벽은 생기를 잃을 채 흐느적거리며 밀려나야 했다.

후인경은 관도들을 향해 선동하듯이 외쳤다.

"여기에 정말로 배울 것이 있다고 생각해서 모인 사람이 있더냐? 귀찮으니까! 시켰으니까! 억지로 와서 있는 거잖아. 우리는 모두 명가의 후예다. 저런 무교나 문교를 수하로 부리는 것이 당연한 명가의 후예란 말이다! 한데 일개 문교에게 고개를 숙여야 하는 이 현실이 가당키나 하던가! 안 그러냐?"

관도들은 일제히 웅성거리며 고개를 끄덕였다.

한데 이곳에는 이권과 권력을 '따위'로 치부하며 개의치 않는 존재가 있었다.

관도들의 뒤에서 하나의 그림자가 번뜩였다.

그러고는 삽시간에 허공을 날아 쇄도했다.

관도들로서는 환각을 보았나 의심할 정도로 빠르게 말이다. 그러나 이내 관도들을 현실로 끄집어내는 일갈이 연무장 내에 쩌렁쩌렁하게 울렸다.

"이런 빌어먹을 상놈의 새끼야!"

빠각!

동시에 후인경은 허리가 직각으로 꺾인 채 연무장 끝까지 튕겨 나갔다.

第四章

너는 선(線)을 넘었다

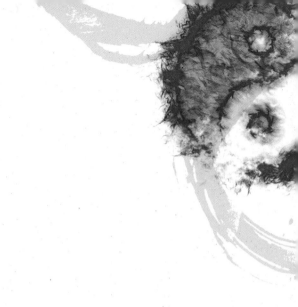

관도들은 눈을 끔뻑거렸다.

너무도 비현실적인 광경에 잠시 넋을 잃은 게다.

그들은 아직도 먼지가 풀풀 날리는 연무장 구석에서 후인경이 서 있었던 자리로 시선을 돌렸다.

적운비다.

암암리에 알 만한 사람은 다 알게 된 무당의 제자.

입관하는 순간부터 사건 사고를 몰고 다니던 녀석.

하지만 방금 전까지만 해도 학도인이라는 신분 때문에 안중에도 없던 존재였다.

'내가 지금 헛것을 본 건가?'

'학도인 따위가 저런 무위를 지니고 있다니…….'

'뭐가 어떻게 돌아가는 거야?'

적운비는 집중된 관도들의 시선에도 불구하고 후인경을 노려봤다.

지금 이 순간 그의 심경은 명쾌했다.

무당을 위한 안배도 아니었고, 자기 자신의 목적을 위해서도 아니었다.

그저 분노했을 뿐이다.

지금껏 현실을 인정하고, 이해하려 했었다.

그렇기에 서문벽의 이상을 존경하게 되었고, 실패할 것을 알았기에 미안해했다.

그 정도에서 끝날 인연이었다.

적운비에는 무당이라는 절대 명제가 존재했기 때문이다.

하나 안하무인이던 후인경의 언행은 도저히 듣고 넘길 수가 없었다.

제아무리 강호가 이권을 좇고, 명리를 탐한다지만 사람으로서 지켜야 할 것은 있지 않겠는가. 한데 후인경은 인간이라면 반드시 지켜야 할 최소한의 도리조차 짓밟았다.

"뭘 봐?"

적운비의 서늘한 한 마디가 흘러나왔다.

하나 그 누구도 적운비를 탓하지 못했다.

"배움에는 종류가 없고, 끝도 없다 했다. 인간은 숨을 쉬는 순간부터 매 순간 배움의 연속인 거야. 그런데 저런 개소리에 호응하려는 오만한 녀석이 있다면 나와라. 나와서 스스로 옳다는 것을 증명해 봐."

관도들은 적운비와 시선이 마주칠 때마다 고개를 돌렸다. 적운비가 고개를 돌려 반대편에 있는 관도들을 쳐다보려는 순간이었다.

연무장 구석에서 부스럭거리는 소리와 함께 후인경이 몸을 일으켰다.

그는 잔뜩 인상을 쓴 채 어깨를 만지작거렸다.

"어디서 듣도 보도 못한 놈이 감히 내 몸에 손을 대?"

적운비는 후인경의 외침에 헛웃음을 지었다.

분노를 참지 못하고 나서기는 했지만, 마지막 순간에 겨우 이성을 되찾고 팔 할 이상의 경력을 해소했다. 그 덕에 후인경은 면장을 얻어맞고도 금세 몸을 일으킬 수가 있었다.

한데 녀석의 언사를 보니 괜한 짓을 했다는 후회가 가득했다.

'그냥 한 방에 보낼 걸 그랬네.'

후인경은 옷에 묻은 먼지를 털며 눈초리를 올렸다.

"명분은 생겼으니 죽어도 억울해하지 마라!"

그가 손을 드는 순간 연무장 밖에서 한 자루의 도가 날아왔다. 도신과 손잡이가 모조리 붉게 염색된 묘한 도가 아닌가.

적운비는 그 모습에 미간을 찡그렸다.

본래 연무장은 학관에서도 가장 중요한 곳으로 호위나 수하들의 출입을 엄금했다. 또한 수련의 일환으로 개인 병기는 지참이 불가했다. 연무장 내의 병기만을 사용하는 것이 법규였다.

한데 후인경은 연무장 밖에 호위를 배치했고, 심지어 자신의 병기까지 지참한 것이다.

적운비는 눈을 가늘게 떴다.

처음에는 어린놈의 치기라 여겼다.

그런데 돌아가는 꼴을 보니 감정적으로 저지른 일이 아니지 않은가.

'서문벽을 노린 건가?'

일개 열혈 무교를 계획까지 짜서 노릴 이유가 있던가?

후인경은 적도를 들자 용기가 샘솟았는지 광소를 터트렸다.

"하하하! 이제 와서 없던 일로 하자고 하지는 않겠지? 너부터 없애고 저 버릇없는 무교를 교육하겠다!"

계획적이든, 감정적이든.

"넌 좀 맞아야겠다."

적운비는 후인경을 향해 내달렸다.

저런 놈은 좀 맞아도 되고, 때려도 된다.

금수(禽獸)만도 못한 짓을 했으니 더 이상의 관용은 필요치 않을 터였다.

후인경은 비릿한 웃음을 지었다.

쇄아아!

시뻘건 기운이 적도를 감쌌다.

적혈도법은 천룡맹 내에서도 패도적인 도법으로 수위에 꼽힐 정도였다.

그렇기에 후인경이 뿜어내는 기세가 범상치 않았다.

하나 도기가 미처 자리도 잡기 전에 적운비가 지척에 이르렀다. 공중에서 몸을 휘돌린 적운비는 자연스럽게 팔을 뻗었고, 마치 합을 맞춘 것처럼 손등으로 적도를 두드렸다.

터텅!

둔탁한 파열음과 함께 붉은 기운은 산산조각이 났다.

이미 적운비의 무위는 양의심법으로 인해 면장이 상당 수준에 이른 상태였다. 공파산의 묘리마저 담겼으니 한 호흡에 태극을 그려내는 것은 일도 아니었다.

"커헉!"

후인경은 내장을 진탕시킬 정도의 반탄력에 신음을 흘렸다. 이미 내력의 흐름은 가닥가닥 끊어진 상태가 아닌가. 덕

분에 후인경은 적운비의 내력과 자신의 내력까지 한꺼번에 막아내야 했다.

주춤거리며 물러나던 후인경의 입가에서 피 분수가 솟구쳤다.

"푸흐흡!"

적운비는 어느새 후인경의 전면에 내려앉았다.

가볍게 한 손을 휘돌릴 뿐이지만, 그 안에는 음양의 기운이 쉴 새 없이 공존하며 교차했다.

공파산의 묘리로 인해 휘돌리는 횟수가 늘어날수록 수많은 원이 손을 감싸고돌았다.

그리고 후인경의 목덜미를 후려쳤을 때 손을 휘감고 있던 수많은 원이 연이어 강타했다.

"크헉!"

후인경은 적도를 놓치고 튕겨 나갔다.

하나 이미 감정에 몸을 맡긴 적운비가 그냥 내버려 둘 리 만무했다.

적운비는 우수에 이어 좌수로 후인경의 옆구리를 후려쳤다. 후인경의 비명을 귓등으로 흘리고, 이번에는 오른발을 가볍게 내디뎠다.

비틀거리던 후인경의 발목이 저절로 와서 부딪쳤고, 그는 지금까지와는 달리 반대로 튕겨 나갔다.

목덜미에서 발목까지 이어지는 삼연격은 물 흐르듯 자연스러웠다. 마치 후인경이 허공에서 혼자 발버둥 치는 것처럼 보일 정도였다.

후인경의 목에서 거품 끓는 소리가 흘러나왔다.

하나 적운비는 허물어지려는 후인경의 양 무릎을 가볍게 밀었다. 후인경은 무릎을 강제로 펴야 했고, 어느새 차렷 자세로 신음을 흘린다.

"너…… 너!"

적운비는 후인경이 입을 놀리는 것도 허락하지 않았다.

손등이 입가를 스쳐 가며 아혈을 점했다.

그러고는 자세를 낮추더니 후인경의 몸을 쓸어 올리듯이 양손으로 휘감았다.

타타타타타탁!

삽시간에 열여덟 개의 혈도를 점한다.

이제 후인경은 쓰러지고 싶어도 쓰러질 수 없는 상태가 된 것이다.

적운비는 후인경을 앞에 두고 양손으로 원을 그렸다.

원의 개수가 늘어날수록 양손은 조금씩 겹쳐진다.

"후우……."

가벼운 호흡에도 연무장 전체의 대기가 요동을 치며 반응했다.

한데 적운비는 이처럼 엄청난 신위를 보이면서도 땀 한 방울 흘리지 않았다. 그러고 보면 지금껏 적운비의 행동은 제자리에서 건곤구공을 수련할 때와 다르지 않았다.

관도들이 건곤구공의 정체까지 알기란 불가능했지만, 그들은 적어도 상승무공이 펼쳐지고 있음은 눈치챌 수 있었다.

그렇기에 그들은 눈을 휘둥그레 뜬 채 적운비를 지켜봐야만 했다.

고오오오오—

후인경은 쉴 새 없이 눈동자를 굴리며 살 길을 찾았다. 그리고 그의 염원에 화답하듯 담장 너머에서 노호성이 터져 나왔다.

"이놈!"

"소장주!"

붉은 장의를 입은 다섯 명이 담장 위로 모습을 드러냈다. 후인경을 확인한 그들의 얼굴에는 분기탱천한 기색이 가득했다.

후인경의 불안하던 눈동자에 희망이 드리워졌다.

아비가 자신을 위해 특별히 호위로 임명한 적산오위가 아닌가. 저들의 합격술이라면 적운비를 꼬꾸라트리는 데 부족함이 없으리라.

적산오위는 담장 아래로 뛰어내리며 기합을 내질렀다.

그 순간 그들의 상의가 갈가리 찢겨나갔다.

구리빛 피부에 우락부락한 상체가 드러났다.

일견하기에도 외공을 극성으로 수련한 자들이다.

"크앗!"

적산오위 중 삼위가 주먹을 말아 쥐며 쇄도했다.

하나 그들이 간과하는 사실이 있었다.

무당무학의 묘리라 하면 당연 유능제강(柔能制剛)이 아니
던가.

부드러움으로 능히 강함을 이겨낸다.

그 묘리의 궁극에 달한 무공이 바로 면장(綿掌)이었다.

그야말로 무당무학의 정수(精髓)란 뜻이다.

그러니 대기마저 찌그러트릴 정도의 강력한 권기는 유명무
실했다.

적운비는 주먹이 지척에 이를 때까지 미동조차 하지 않았
다. 그리고 권역에 들어섰을 때 오른쪽 어깨를 슬쩍 내밀었
다. 동시에 뻗어 나간 우수가 적산삼위의 가슴 쪽으로 향한
다.

주먹과 손이 스치듯이 지나쳤다.

그 순간 적운비는 손을 뒤집었다. 손등으로 주먹을 휘감았
다. 어느새 적운비의 손은 적산삼위의 손목을 움켜쥔 채 맥문
을 짓누르고 있는 것이 아닌가.

적운비는 적산삼위가 반응을 하기도 전에 강하게 잡아끌었다. 맥문을 잡힌 삼위는 기껏 가꿔온 근육이 안쓰러울 정도로 비틀거렸고, 이내 적운비를 지나쳐 나뒹굴어야 했다.

우당탕!

병기를 쌓아 놓은 대가 허물어지며 요란한 소음이 터져 나왔다. 하나 이것은 시작에 불과했다. 적운비가 산보를 하는 것처럼 가볍게 걸음을 내디디며 적산오위를 무력화시켰기 때문이다.

적운비는 빨랫감처럼 쌓아 놓은 호위들을 일견한 후 걸음을 내디뎠다.

가장 중요한 놈이 남아 있지 않은가.

후인경처럼 싹수가 그른 녀석을 그냥 둔다면 언제 피해가 돌아올지 모를 일이다.

반드시 단죄하여 싹을 잘라내야 했다.

한데 적운비를 막아서는 사람이 있었다.

커다란 치욕을 당하고 실의에 빠졌던 서문벽이 한 손을 내밀며 제지한 것이다.

"멈춰라."

적운비는 미간을 찡그렸다.

서문벽의 방해는 예상했던 바였다. 그와 같은 사람이 치욕을 당했다고 해서 제자를 음해할 리 없을 것이라 여겼기 때문이다. 그렇기에 적운비는 자신이 너무 시간을 끌었음에 안타까움을 느껴야 했다.

"풀어 주게."

서문벽의 말에 적운비는 빠르게 후인경의 몸을 훑었다.

"크흑! 이런 개자식들! 가만두지 않을 테다!"

적운비가 한 걸음 나서려는데 서문벽이 다시 한 번 제지했다.

그는 후인경을 향해 물었다.

"철상파의 부탁인가?"

후인경은 한순간 표정을 굳힌 채 입술만 꿈틀거렸다.

"맞군."

서문벽은 죽은 사람이라도 본 것처럼 어두운 낯빛으로 말을 이었다.

"철권문이 비록 분열됐다고는 하나 여전히 하나의 뿌리를 지니고 있음이다. 한데 철상파가 황궁에 의탁했다 하여 다른 마음을 지닐 줄은 몰랐군."

적운비는 서문벽과 후인경의 대화에 미간을 찡그렸다.

이제야 후인경의 갑작스러운 패악질에 숨겨진 진의를 깨달은 것이다.

철권문의 지류인 철상파가 황궁에 의탁했다면 자연스럽게 적도산장과 교류했을 것이다. 그리고 철상파는 외인의 출입이 금지된 학관에 숨어 있는 철권문의 후예를 없애기 위해 적도산장에 부탁으로 위장한 의뢰를 하지 않았겠는가.

그 대가로 무엇을 줄지는 모르지만, 추악한 거래임은 분명했다.

"네 호위가 철기공과 철산권을 쓰더구나. 철상파의 제자들이겠지. 하아…… 조사들을 무슨 낯으로 뵐 수 있겠는가."

"흥! 이대로 끝나지 않을 거다!"

후인경은 극도의 분노를 억지로 숨기며 돌아섰다.

그러고는 적산오위를 버려둔 채 바삐 걸음을 옮겼다.

"저 새끼가?"

적운비가 짜증 섞인 한 마디를 내며 나섰다. 하나 서문벽은 다시 한 번 고개를 내저었다. 그러고는 씁쓸한 표정으로 말했다.

"자네 덕에 큰 창피를 면했군. 무당에 큰 신세를 졌어. 이 은덕은 잊지 않겠네."

적운비는 손사래를 쳤다.

"아닙니다. 저런 놈은 더 혼내줬어야 했는데!"

"아닐세. 다 어른들의 욕심이 있었기에 벌어진 일인 게야. 저 아이가 뭘 알겠는가? 모든 건 제대로 알려 주지 못한 우리들의 잘못이야."

서문벽의 한탄에 적운비는 고개를 숙였.

그의 씁쓸함에 전염이 된 듯 답답한 마음이 가득했다.

"이제 어찌하시렵니까?"

"내 걱정은 말게나. 그나저나 적도산장은 정사지간이나 다를 바가 없는 곳이야. 강호보다 황궁과 더 밀접한 관계를 맺고 있지. 자네를 노리려 할지도 모르네. 그러니 내 걱정보다는 자네의 안위를 걱정하게."

서문벽은 어깨를 으쓱거리며 쓴웃음을 지었다.

"어차피 나는 홀몸이 아닌가."

그는 수업을 대충 마무리 짓고 연무장을 떠났다.

한데 떠나는 뒷모습이 너무도 쓸쓸했다.

적운비가 한숨을 내쉬며 울분을 풀려는 순간이었다.

불현듯 연무장 어딘가에서 희미한 기척이 느껴진 것이다. 기감이 남다르게 발달한 적운비조차 착각으로 여길 만큼 짧은 순간의 움직임이었다.

'뭐지?'

적운비는 황급히 몸을 돌리며 기척의 주인을 찾으려 했다. 하나 갑작스러운 외침에 미간을 찡그린 채 고개를 돌려야 했다.

혈인이 굳은 표정으로 연무장에 들어선 것이다.

"너 여기서 뭐 해?"

"뭔데?"

적운비의 짜증 섞인 한 마디에 혈인은 더욱 표정을 굳혔다.

"무당제자 중 한 명이 홍문원 근처에서 폐인이 된 채로 발견됐다."

* * *

군웅회로 인해 천룡맹 전체가 인산인해를 이뤘다.

비무대회를 비롯한 수많은 행사가 천룡맹 곳곳에서 열렸다. 하나 정작 천룡맹의 핵심이라 할 수 있는 명문들의 참석은 저조하기만 했다.

이미 권력의 핵심이며, 모든 것을 지닌 자들이 아닌가.

새삼스레 땀 빼며 남들과 뒹굴 필요가 없었던 게다.

그렇기에 수뇌부는 군웅회에 참석한 무인이나 학사 중 쓸만한 인사를 골라내기에 혈안이 된 상태였다.

반면 명문의 후계자는 오히려 평소보다 할 일이 없었다. 집안의 이름을 더럽히지 않기 위해 억지로 수련하고, 강론에 참석하던 이들이 아닌가.

그렇기에 군웅회로 인한 합법적인 휴강을 만끽했다.

근교로 놀이를 가던가, 친인을 찾아다녔다. 하지만 대다수의 관도들은 술을 마시고, 여인을 찾았다.

그러니 길가에 쓰러져 있는 사람에게 관심을 가지기란 요원했다. 골목마다 토악질을 하는 자, 술에 취해 잠든 자로 가득했기 때문이다.

하나 쓰러진 자에게 관심을 가지는 자들도 존재했다.

군웅회에서 치안을 담당하게 된 호웅대의 무인들이었다. 사람들을 깨워 돌려보내고, 싸움을 중재하며 날을 보내는 이들이다.

한데 아무리 깨워도 일어나지 않는 자가 있었다.

천룡학관의 관복을 입고 있었기에 어쩔 수 없이 얼굴과 상태를 확인했다.

관도의 두 눈은 이미 초점을 잃었고, 입가에는 썩은 내가 진동을 한다. 간헐적으로 사지를 떨지 않았다면 죽었다고 여겼을 것이다.

호웅대는 즉시 관도를 의당으로 보냈다.

그리고 관도의 신분 또한 드러났다.

"무당의 제자인 왕차재라고 하는군요."

의관의 말에 호웅대원은 미간을 찡그렸다.

"무당이라고요? 무당의 제자가 어째서 이런……."

"글쎄요. 무엇인가에 심하게 중독됐군요. 한데 손톱과 손목을 보니 상처가 제법 있군요. 누군가 강제로 주입한 것 같기도 해요."

호응대원은 의관의 말에 화색을 띠었다.

"그러니까 사고가 아니라 사건이로군요."

"글쎄요. 일단은 그런 쪽으로 생각해 봐야 하지 않을까요?"

하나 호응대원은 이미 돌아선 후였다.

잘난 사람들 뒤치다꺼리만 하기에도 부족한 인원과 시간이 아닌가. 그렇기에 호응대원은 왕차재에 대한 책임에서 벗어나기 위해 황급히 의당을 나섰다.

"군웅회로 인한 사고가 아니라 범죄라면 우리 관할이 아니외다. 맹의 법위당에 연통하시오. 그쪽에서 처리할 거요. 그럼 이만!"

"이보시오! 그냥 가면 어떻게 해? 무당에 연락이라도 해 주든가 해야지!"

의관은 침상 위에 축 늘어져 있는 왕차재를 보며 침음을 삼켰다.

'쯧, 기껏해야 이각이나 버티려나?'

다른 사람들은 축제를 즐기는 마당에 시체 치울 생각을 하니 절로 기분이 우울해지는 의관이었다.

쾅!

적운비는 의당의 문을 세차게 열어젖혔다.

평소의 그라면 생각지도 못할 만큼 다급한 표정과 행동이었다.

왕차재의 곁을 지키던 위지혁과 진예화가 화들짝 놀라며 검에 손을 얹어야 할 정도였다.

"운비야!"

적운비는 두 사람을 지나쳐 침상 앞에 섰다.

왕차재의 상태는 생각보다 심각했다.

불과 하루 전 자신과 웃으며 대화했던 녀석이라고는 생각할 수 없을 정도로 말이다.

"어떻게 된 일이야?"

위지혁은 고개를 내저으며 말했다.

"조금 전에 법위당의 무인들이 왔었어. 의원과 하는 이야기를 들었는데 누군가 강제로 중독을 시킨 것 같아."

적운비의 얼굴이 심하게 일그러졌다.

"강제로?"

왕차재의 손을 살피니 대답은 들을 필요도 없었다.

줄에 묶인 자국도 있었고, 손톱 끝은 핏물이 배여 있지 않은가.

적운비는 왕차재의 몸에서 풍기는 냄새를 맡으며 미간을 찡그렸다. 냄새의 지독함 때문이 아니라 냄새의 정체를 알았기 때문이다.

당분간 잊을 수 없는 그 냄새.

몽혼연의 흔적이 물씬 느껴졌다.

'무화운! 이 개자식이!'

그간의 과정이 불을 보듯 뻔하게 머릿속으로 그려진다.

'지금껏 약으로 조종을 했는데 녀석이 변하려고 하니까 더욱 독하게 써버린 거겠지.'

당장이라도 무화운에게 달려가고 싶었다. 한데 의당 밖에서 두런두런 들려오는 말소리가 신경을 끌었다.

적운비는 고개를 갸웃거리다가 창밖으로 대화를 나누는 이들을 확인했다.

법위당의 무복을 입은 무인들이 아닌가.

'제갈치광?'

저들은 왕차재의 행적이 마지막으로 확인된 곳으로 제갈치광의 처소 근처를 거론하고 있었다.

애초에 몽혼연을 처음 사용한 쪽은 제갈치광이 아닌가. 게다가 녀석은 자신에게 원한을 지니고 있을 터였다.

'설마 나 대신 차재를 건드린 건가?'

학관 내에서 왕차재와 무화운의 관계는 유명했다. 그러니 누명을 씌우기에도 용이하다고 생각했을 것이다.

적운비는 다시 한 번 왕차재를 쳐다봤다.

기껏 마음 다잡고 살아 보려던 녀석이기에 안쓰러운 마음이 가득했다.

그때 의당의 문을 열고 홍화 소령이 들어섰다.

그녀는 여전히 화사한 의복을 입은 채 진한 방향을 풍겼다.

위지혁은 미간을 찡그리며 한 걸음 물러섰다.

"문안 온 복장치고는 과하잖아."

하나 홍화는 위지혁의 말을 귓등으로 흘린 채 왕차재를 쳐다봤다. 그녀의 눈동자는 미세하게 흔들렸고, 눈빛은 복잡한 심경을 드러내고 있었다.

"심하네."

한 마디를 내뱉은 후 머뭇거린다.

그러고는 결심을 했는지 적운비를 향해 다가왔다.

"어제 창령과 함께 있었어."

"……"

"그리고 제갈치광이 보이더군. 수하들이 왕차재를 둘러싸고 있었어. 처음 보는 녀석들이었는데 분위기가 좋아 보이지는 않았어."

위지혁이 미간을 찡그리며 나섰다.

"그걸 봤으면서 말리지도 않은 거야?"

홍화는 어색하게 웃으며 어깨를 으쓱거렸다.

"미안하지만, 나도 중요한 자리였거든."

"크흠!"

위지혁은 못마땅한 기색을 드러냈지만, 적운비는 한참 동안 홍화의 눈빛을 살폈다.

"그래서 어떻게 됐는데?"

"거기까지는 나도 모르겠어. 그냥 우르르 몰려가는 것만 봤거든."

홍화는 씁쓸한 표정을 지으며 말을 이었다.

"어차피 나를 반겨 줄 사람도 없는 것 같으니 이만 가 볼게. 그리고 이건 의원한테 줘. 혹시 도움이 될지도 모르니까."

위지혁은 홍화가 내민 작은 주머니를 받고 고개를 갸웃거렸다.

"이건 뭐야?"

"예전에 선물로 받았던 약재야. 몸을 보하는 데 좋다니 도움이 되기를 기원할게."

홍화는 그 말을 끝으로 황급히 의당을 빠져나갔다.

육가인이 신경 쓰였는지, 자리가 불편했는지는 아무도 모를 일이었다.

"씁쓸하네."

위지혁은 주머니를 흔들며 쓴웃음을 흘렸다.

한데 지금껏 침묵을 지키고 있던 진예화가 조심스럽게 말문을 열었다.

"어제 수련하다가 이상한 얘기를 들었어."

적운비와 위지혁의 관심이 집중됐다.

"군웅회가 열리는 동안 정체불명의 무인들이 제갈치광을 호위한다고 하더라고. 혹시 그자들이 차재를 데리고 간 걸까? 게다가 그자는 공공연히 너를 가만히 두지 않을 거라고 호언장담을 했잖아."

진예화의 얼굴에 수심이 드리워졌다.

"지난번 장영과의 일도 그렇고, 분위기가 좋지 않아."

"……."

"군웅회로 인해 외인의 출입이 잦고, 향락적인 분위기로 인해 사건과 사고가 끊이지 않는데."

적운비는 두 사람의 표정을 살피며 나직이 탄식했다.

자신만 생각하고 있다 여겼던 일을 두 사람도 염두에 두고 있었나 보다.

아니나 다를까 진예화가 조심스럽게 말을 이었다.

"학관의 역할이나 맹의 중요성을 모르는 것은 아니야. 하지만 학관에 계속 머물러야 할지는 모르겠어."

위지혁은 진예화보다 더욱 미안한 표정을 보였다.

"어릴 적 네게 들었던 말이 옳았어. 솔직히 문파를 위해 참아야 한다는 것은 알겠지만, 하루하루가 고역인 게 사실이다."

적운비는 씁쓸한 웃음을 지었다.

강호의 축소판이라 불리는 이곳에서의 생활에 지친 것이 사실이다. 그러나 위지혁과 진예화는 향후 무당의 기둥이 되기에 충분한 존재가 아닌가.

결국 적운비는 동조하기보다 다독여야 했다.

"아직 확실한 건 아니니까 성급하게 생각하지 마. 그리고 무당파는 군웅회에 불참했어. 무정선자께서 대표 자격으로 계시지만, 우리가 전부라고 봐야해. 이럴 때 학관을 이탈한다면 맹과 선을 긋는 행위나 마찬가지야."

"그건 그렇지."

적운비는 두 사람을 달랬다.

"일단 돌아가자. 이 녀석도 요양을 해야 할 거야."

*   *   *

적운비는 위지혁과 진예화를 돌려보낸 후에도 한참 동안 의당에 남았다.

비록 의술에 조예는 없지만, 기식(氣息)을 살피는 것만으로도 충분했다. 이후 왕차재의 가슴과 양손을 유심히 살폈고, 입술을 뒤집어서 입안도 살폈다.

"하아, 이 새끼들 봐라."

적운비는 입꼬리를 올린 채 서늘한 웃음을 지었다.

그도 그럴 것이 왕차재의 몸뚱이를 살필수록 의문점이 늘어났다. 제갈치광과 왕차재는 연결 고리가 없다시피 했다. 왕차재가 워낙 심각할 정도로 무화운과 얽혔기 때문이다.

그렇기에 두 사람이 고분고분 마주했을 리 만무하다.

최소한 적운비가 마지막으로 봤던 왕차재는 정신이 멀쩡하지 않았던가. 그러니 법위당과 홍화, 진예화의 말이 사실이라면 힘을 써서 강제로 끌고 갔어야 했다.

한데 아무리 살펴봐도 왕차재의 상처는 손목과 손톱에 국한됐을 뿐이다. 강제로 약을 먹이려 했다면 몸부림을 쳤을 것이고, 입안에도 상처가 있어야 마땅하지 않겠는가. 반면 점혈을 당했다면 손목과 손톱의 상처는 없어야 했다.

결국 왕차재는 자의로 몽혼연을 먹었다는 뜻이다.

왜?

'이 새끼, 설마 내 앞에서 연기한 거였나?'

하긴 하루아침에 그리 쉽게 약을 끊기란 어려운 일이었을 것이다.

단서는 그뿐이 아니었다.

지난날 자신을 습격했던 조홍진의 말이 뇌리를 스쳐 갔다. 몽혼연을 들이마시면 죽은 듯이 깊은 잠에 빠진다고 하지 않았던가.

당시 적들이 사용했던 몽혼연의 개수는 수십 개.

확신할 수는 없었지만, 그 정도의 양을 흡입했다면 왕차재처럼 되지 않았을까 싶다.

"하아……."

적운비는 표정을 굳힌 채 의당을 나섰다.

그리고 달빛 아래에 선 채로 한참 동안 생각했다.

이미 제갈치광에 대한 의혹은 마음에서 접은 지 오래였다. 사실 적운비는 제갈치광에 관한 이야기를 들었을 때부터 의아했다.

제갈치광은 자신을 싫어하는 것보다 대공녀를 두려워하는 마음이 더 클 터였다. 그런데 제갈수련이 천룡맹에 남아 있고, 천괴의 서찰에 인력을 집중해야 하는 상황에서 사달을 일으켰다니 믿을 수가 없었던 것이다.

'그놈한테 그런 담량이 있을 리 만무하지.'

적운비는 불과 반나절 전에 있었던 일을 떠올렸다.

서문벽과 후인경의 대립은 눈에 보이는 것 외에도 다른 원인이 존재했다. 하면 이번 일도 그와 같이 차도살인(借刀殺人)의 계책이 아니라고 할 수는 없을 터였다.

'법위당이 이번 일에 개입했는지는 모르겠지만, 그들의 말을 믿을 필요는 없어. 그런데 너까지 꼭 그래야만 했는지 나는 잘 모르겠다.'

적운비는 한숨을 내쉬었다.

생각이 깊어질수록 홍화의 말은 거짓일 가능성이 높아진다. 용기를 낸 것처럼 보였던 표정이나, 약을 내준 것을 봐도 그렇다.

결국 홍화로 인해 이번 일에 육가인도 개입했음을 알아낸 것이 수확이라면 수확이리라.

'예화의 말은 믿을 수 있지. 그렇다면 이번 일을 꾸민 놈은 내가 제갈치광과 상잔하기를 바란 건가?'

이쯤 되면 적의 실체가 드러난다.

적운비는 어둠 속으로 몸을 날렸다.

가장 먼저 확인해야 할 곳으로 말이다.

第五章

명부(冥府)에서의
초대장

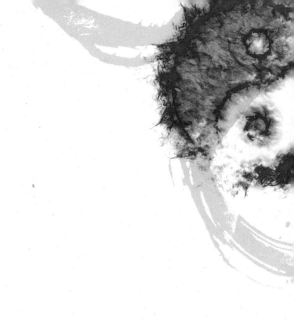

군웅회로 인해 들뜬 분위기는 학관도 마찬가지.

벌써부터 술에 취해 거리를 오가는 이들로 붐볐다.

적운비는 사람들의 시선을 피해 빠르게 이동했다.

목적지는 제갈치광의 처소.

한데 작은 소로를 지날 때였다.

'소연무장 쪽인데?'

미약한 쇳소리와 몇몇의 기척.

적운비는 나무 위에 올라 연무장 쪽으로 향했다.

한데 정작 연무장에는 개미 새끼 한 마리 찾아볼 수가 없었다. 그러나 기척은 나무 위에서 느껴졌기에 적운비는 안력을 더욱 돋웠다.

'저것들은 뭐야?'

작은 키와 빼빼 마른 몸뚱이로 보았을 때 경공에 특화된 자들이 분명했다. 하나 아무리 살펴봐도 무림맹의 무인이라고는 생각하기 어려웠다.

그 순간 달빛이 나뭇가지를 비집고 들어와 복면인의 얼굴을 스치고 지나갔다. 구정물처럼 혼탁한 눈빛을 보니 당장 떠오르는 조직이 있었다.

'무령당?'

적운비는 복면인들의 무장 상태를 살피고 나직이 침음을 삼켰다. 그들은 남몰래 숨어들었음에도 무기조차 지니고 있지 않았다.

습격이 아니라 정탐을 하려는 게다.

정탐의 대상은 불을 보듯 뻔했다.

왕차재의 일로 분노한 채 제갈치광과 부딪쳤을 자신이 아니겠는가.

'역시 무화운이 꾸민 일인가?'

적운비는 이성을 잃지 않으려 했지만, 생각할수록 감정이 들끓는 것을 참지 못했다.

단순히 오만하고 치기 어린 녀석들인 줄 알았다.

한데 놈들은 자신이 가진 힘을 사용하는 데 익숙했고, 강호의 음험함을 몸소 실천하는 데에도 주저함이 없었다.

시간이 흐르면 저들은 정파의 대변인이 될 것이다. 단지 음험함을 숨기는 것에 조금 더 익숙해질 뿐이었다.

적운비는 이내 분노를 가라앉혔다.

저들을 단죄한다면 당장의 기분은 풀릴 것이다.

하나 아이를 건드리면 어른이 나오는 것은 당연지사가 아니던가. 타초경사(打草驚蛇)의 우를 범하는 것과 다르지 않았다.

'어울려 주지 않으면 또 다른 수를 들고 나오겠지?'

그렇다면 잠시나마 시간을 벌수 있을 터였다.

적운비는 그동안 천룡학관에서의 일을 마무리 짓고 떠나기로 마음을 먹었다.

한데 그 순간 생각지도 못한 일이 벌어졌다.

제갈치광의 처소를 감시하던 복면인들에게서 생기가 사라진 것이다.

'죽었어?'

적운비는 생각할 것도 없이 몸을 뺐다.

지금껏 드러나지 않던 기척이 느껴졌기 때문이다.

아니나 다를까 적운비가 떠난 자리에 한기가 일어났다. 나뭇가지와 잎사귀가 고사(枯死)했고, 서늘한 기운이 회오리처럼 들이쳤다.

쩌쩍!

연이어 들이친 한기로 인해 허공에 서리가 맺힌다.

생각지도 못한 기사(奇事).

적운비는 눈을 가늘게 뜬 채 연이어 몸을 움직였다.

지금껏 과거를 돌이켜 현재에 대비하고, 미래를 준비했다. 하지만 이번 일은 적운비로서도 전혀 예측할 수 없었던 공세였다.

더욱 의아한 것은 공세가 이어졌지만, 살기가 느껴지지 않는다는 점이었다.

잠시 당황했던 적운비의 눈가에 기광이 스쳐 갔다.

'살수?'

어린 시절 즐겨 읽던 이야기책에는 분명 살수에 관한 것도 포함되어 있었다.

마음을 죽이고, 눈빛을 죽인 후에야 검을 다룬다 했다.

한데 사람이 어찌 자신의 마음을 죽일 수 있겠는가.

당시에는 허황된 이야기라 여겼다.

'그렇구나! 저들에게 있어서 나는 사람이 아니라 물건이로구나.'

물건을 부술 때 죄책감을 가지거나, 살의를 가지는 사람은 없다.

적운비의 예상은 적중했다.

모처에서 적운비를 노리고 있는 송제(宋帝)는 명부사자 중 서열 팔 위에 올라 있는 존재였다.

그는 무심한 표정으로 연방 쌍장을 흩뿌렸다.

그것은 공격이라기보다는 업보라는 허명을 실행하는 것과 다르지 않았다. 즉, 당연히 없어져야 할 것을 없앤다고 여기는 것이다.

그들이 사용하는 용어와 명칭은 불교적 색채가 강했다.

하나 행동은 도저히 불가의 그것이라고 볼 수 없을 만큼 잔악했다.

다만 송제를 흔들게 만드는 의문이 있었다.

'생각보다 빠르군.'

그러나 의문은 금세 사라졌다. 어쨌든 그에게는 할당된 임무가 있었고, 그것을 수행하면 달라질 것은 없었다.

솨아아악―

송제를 중심으로 한기가 빠르게 퍼져나갔다.

그리고 그것은 송제가 의도한 공간으로 뭉쳐든 후 포탄처럼 쏘아졌다.

투퉁! 투퉁!

한기로 인해 나뭇잎이 얼어붙으며 내는 소리를 제외하면 기척은 전무했다.

'한빙밀음공(寒氷密陰功)은 밀법의 상승 무공! 망한 무당

의 제자 따위가 언제까지 버틸 수 있을 것 같으냐?'

적운비로서는 답답하기 그지없는 상황이었다.

본래 살수의 공격은 틈을 보아 일격필살을 노리지 않던가. 한데 저들의 움직임은 그가 보고 들었던 살행(殺行)과 너무 달랐다.

애초에 자신을 공격하는 존재가 생사파인지 알 수가 없었고, 생사파의 뿌리가 어디인지 모르는 데서 비롯된 무지(無知)였다.

'큭!'

적운비는 침음을 삼키며 제운종을 펼쳤다.

허공으로 고속 이동을 했지만, 한기는 어느새 발밑에 퍼져 나가고 있었다. 기척이 느껴지지 않으니 지척에 이른 후에야 적의 공세가 짐작됐기 때문에 벌어진 일이었다.

이쯤 되면 먼지 지치는 쪽이 당하는 것은 당연했다.

하지만 적운비를 더욱 근심케 하는 것은 따로 있었다.

'유인하는 건가?'

보통 멀리서 공세를 취하게 되면 상대의 명치를 노리기 마련이다. 그래야만 회피하려고 해도 명중 부위를 넓힐 수 있기 때문이다.

하나 적은 그렇지 않았다.

집요할 정도로 심장 어림을 노린다. 마치 심장을 터뜨려 죽여야 직성이 풀리는 사람처럼 말이다.

'마음을 죽여 냉정하기 그지없는 자가 집착을 한다고?'

그것이야말로 개소리가 아니겠는가.

적운비는 아슬아슬하게 공세를 피해내면서도 긴장의 끈을 놓지 않았다.

잠시 후 후방에서 엄청난 열기가 몰려왔다.

마치 대막의 한낮처럼 후끈한 바람이 아닌가.

적운비는 적의 정체를 확인할 수 없었기에 맞대응보다는 회피를 선택했다. 다행히 적의 공세는 엄청난 위력을 자랑했으나, 쇄도하는 속도가 그리 빠르지 않았다.

하나 적운비는 갑자기 들이친 달빛에 잠시 미간을 찡그려야 했다.

'어째서 여기로?'

잠시 적의 공세가 멈췄다.

하지만 적운비는 당황할 수밖에 없었다.

적은 자신을 제갈치광의 처소로 유인했기 때문이다.

그러나 정작 목적을 달성했음에도 후속타는 이어지지 않았다. 살수라는 정보의 테두리 안에서 설명할 수 없는 일투성이였다.

끼이익—

적운비는 화들짝 놀라며 돌아섰다.

처소의 문이 열리고 두 사람이 나타났다.

제갈치광과 검을 품은 중년인이다.

"크흑! 네놈들이 감히……."

중년인은 제갈치광이 이를 갈면서 분노를 드러냈지만, 개의치 않았다. 그는 머리를 뒤덮을 정도의 커다란 관(冠)을 슬쩍 매만졌다.

얼핏 보면 보신에 탁월한 능력을 보이는 탐관오리처럼 보이는 행색이었다.

그는 담담한 목소리로 대꾸했다.

"공자의 의뢰는 반드시 성공할 거요. 그러니까 원한의 대상이 최후를 맞이하는 모습을 보고 싶어 할 것이라 여겼소만……?"

"흥! 비밀은 보장된다더니 나를 왜 데리고 온 것이냐?"

"걱정 마시오. 그대의 의뢰는 반드시 성공할 것이오. 그러면 모든 것이 해결되지 않겠소이까?"

제갈치광은 잠시 처소를 둘러본 후 목소리를 높였다.

"모든 것을 해결한다고 해 놓고서 내 수하들을 모조리 내보낸 이유가 무엇이냐?"

중년인은 이를 드러내며 환하게 웃었다.

"살수가 정체를 만천하에 드러낼 수는 없지 않겠소?"

농이라도 하는 어조였지만, 표정에는 조금의 웃음기도 찾아볼 수가 없었다.

그 순간 적운비의 조롱하는 듯한 목소리가 들려왔다.

"너 낚인 거다. 멍청한 놈아."

제갈치광은 눈을 부릅뜨며 적운비를 흘겼다.

"뭐라고?"

"나를 죽이고, 너를 협박하겠지. 어차피 떳떳한 일이 아니라는 건 너도 알고 있잖아. 안 그래?"

"……."

적운비는 눈을 가늘게 뜬 채 고개를 내저었다.

"쯧쯧! 그렇게 나를 죽이고 싶었냐? 정파의 지주인 제갈세가의 소공자가! 그래서 이토록 더럽고, 치졸한 방법을 사용한 거냐?"

"닥쳐라."

적운비는 코웃음을 치며 말을 이었다.

"호부 밑에 견자 없다더니…… 내가 제일 싫어하는 사람이 태상이지만, 지금 이 순간만은 그가 불쌍하게 느껴지는구나. 네 누이들의 반만 따라가도 이런 짓은 하지 않았을 텐데."

제갈치광은 역린이라도 공격당한 것처럼 분노했다.

제갈수련과 제갈소소로 인해 일평생 비교를 당하지 않았

던가. 주변에는 사람도 없으니 내력까지 사용해 일갈을 내질렀다.

"뚫린 주둥이라고 함부로 놀리지 마라!"

그리고 그것은 적운비가 노린 순간이기도 했다.

잠시나마 살수의 시선이 제갈치광을 향한 것이다.

아주 작은 틈만 있으면 된다.

적운비는 건양대천공과 곤음여지공을 뒤섞어 한 번에 폭발시켰다.

콰쾅!

그가 서 있던 자리는 포탄이라도 맞은 것처럼 굉음과 흙모래가 일어났다.

그리고 적운비는 극성으로 펼친 제운종으로 인해 어느새 제갈치광의 지척에 이른 상태였다.

"흡!"

중년인이 미간을 찡그리며 검을 뽑았다.

그가 놀란 이유는 적운비의 공세가 자신이 아닌 제갈치광을 노렸기 때문이다.

위험을 무릅쓰고 모습을 드러낸 이유가 무엇이던가.

제갈치광의 의뢰를 완수하고, 약점을 잡기 위해서였다.

하나 제갈치광이 죽는다면 모든 것은 무의미했다.

'설마 우리의 의도를 읽은 것인가?'

이 자리에서 제갈치광이 죽으면 혐의는 자신에게 쏠릴 것이 자명하지 않은가. 게다가 의문의 정찰조를 없앤 것 또한 혐의가 덧씌워질 것이다.

가뜩이나 천룡맹주인 태상은 그림자들을 정리하려고 기회를 엿보는 상태가 아닌가. 이 정도의 단서라면 생사패를 떠올리는 것은 어렵지 않을 터였다.

중년인의 정체는 초강과 송제를 이끌고 살행에 투입된 오관(五官)이었다.

다른 이라면 몰라도 오관 정도라면 밀법의 향수를 어렴풋이 지니고 있을 터였다. 무엇보다 그의 아비 역시 명부사자 중 한 명이었기 때문이다.

"흥!"

그는 검으로 허공을 겨누더니 이내 가볍게 내리그었다.

불가의 교리에 나타나듯 염라십왕을 따라 명명된 명부사자가 아니던가.

오관대왕은 검수지옥(劍樹地獄)을 담당한다.

좌라라라라라라락!

시야가 흐릿해질 정도로 빛이 사방으로 뻗어 나갔다.

오관의 검은 거울처럼 반질반질한 검면이 육각형을 이뤘다. 검을 휘돌리며 내리긋는 순간 달빛을 사방으로 반사시킨 것이다.

적운비는 시야가 혼란스럽자, 아예 눈을 감았다.

양의심법과 면장은 천의에 순응한다.

그 말은 곧 기의 흐름을 느끼고, 함께 동조하는 것을 뜻했다. 그러니 눈을 감아도 기의 흐름을 느끼며 검로를 예측하는 것이 가능했다.

"흡!"

이번에는 적운비가 미간을 찡그리며 물러섰다.

동시다발적으로 수많은 검기가 느껴진 것이다.

마치 검이 숲을 이룬 것처럼 빽빽하게 말이다.

만검수밀연공(萬劍樹密煙功).

이것 또한 밀법의 정수로 환검의 극의를 쫓는 상승무공이었다.

적운비가 오관이 만들어낸 수많은 검기를 처리하기도 전에 양 옆에서 공세가 이어졌다.

틈을 노리던 송제와 초강이 제각기 쌍장을 쏟아낸 것이다.

'빌어먹을!'

오관의 공격은 완벽하지 않았다.

하나 적운비로서는 기보와 함께 펼쳐진 환검에 창졸간 대응할 수 없었다.

잠시 밀려난 것만으로도 세 방위의 공격을 마주해야 했

다.

후방으로 물러난다면 시간을 벌 수도 있을 것이다.

하지만 그것은 제갈치광과 멀어지는 것을 뜻했다.

그렇게 된다면 기척을 흘리지 않는 세 명의 고수와 암중 혈투를 벌여야 할 것이다.

조금의 부상도 없이 천룡학관을 이탈하고 싶었던 적운비로서는 아쉽기 그지없는 상황이었다.

그 순간 하나의 가설이 적운비의 뇌리를 스쳤다.

이곳까지 유인되는 동안 겪어왔던 상대의 공세를 떠올린 것이다.

'한빙장과 같은 계열의 공격이 계속됐고, 마무리는 양강지기가 분명해!'

동일인의 공격이라고는 믿을 수 없었다.

한 사람이 음양의 기운을 담아 극공을 펼치는 것은 불가능에 가까웠기 때문이다.

그러나 적운비는 그것을 해냈다.

그리고 지난날 정조원으로 향하는 언덕에서 진천도주와 조홍진을 동시에 상대했던 경험도 있지 않은가.

'가능해!'

적운비는 오관의 공세가 지척에 이르렀음에도 개의치 않았다. 오히려 양쪽에서 쇄도하는 공세에만 신경을 집중했다.

저들의 공세는 지척에 이르러야 정체를 확인할 수 있을 정도로 은밀하지 않던가.

'기의 흐름이 느껴질 때까지!'

적운비는 전방을 향해 원을 그렸다.

빠르게 만들어지는 원이 쉼 없이 겹쳐졌다.

이것은 내력의 소모가 심한 양의심법이 아니라 건곤구공에서 비롯된 공파산을 사용한 탓이다.

쿠쿠쿵!

그 순간 동시다발적으로 쇄도한 두 번의 공세가 극명하게 색채를 드러냈다.

열양공과 한빙공이 분명했다.

적운비는 회심의 미소를 보이며 양팔을 쫙 펼쳤다.

건양대천공의 기운은 열양공을, 곤음여지공의 기운은 한빙공을 반갑게 맞이했다.

적의 공세가 적중하는 그 순간!

적운비의 양손은 미세하지만, 섬세하게 원을 그렸다.

그러고는 송제와 초강의 내력을 태극으로 휘감았다.

대저 천하의 기운은 본래 하늘에게서 빌려 사용하는 것이 아니던가. 그러니 같은 기의 흐름이라면 대적하기보다 융화되기 마련이다.

물은 위에서 아래로 흐른다.

그리고 큰 것이 작은 것을 감싼다.

적운비는 처음부터 두 기운이 하나였던 것처럼 양의심법을 사용하여 궤적을 틀었다.

송제의 한빙밀음공과 초강의 화탕밀증공은 태극의 흐름을 따라 휘돌았다.

태극을 따라 휘돌다 보니 어느새 하나로 뒤섞인 기운은 적운비가 아닌 적운비의 전방을 향한다.

그그그그극―

적운비가 한 일은 단순했다.

자신이 만들어낸 길을 따라 흐르는 기운을 하나로 뒤섞는 것이 전부였다.

그것은 미리 만들어 놓은 공파산의 원으로 스며든다.

그러고는 적운비의 의지에 따라 맹렬하게 회전했다.

콰콰콰콰콰쾅!

천하를 뒤덮은 기운을 가장 극명하게 나누는 음과 양.

두 기운이 하나가 되었으니 그것은 천재(天災)와 다를 바가 없었다.

쩡!

면장이 발현된 순간 오관의 만검수밀연공은 산산조각이 났다.

하나 그것으로 끝난 것이 아니었다.

공파산으로 만든 원은 여전히 가득했다.

콰콰쾅!

두 번째 원이 음양의 기운을 품고 면장의 묘리로 발출된 것이다.

오관이라고 해도 쉬이 마주할 수 없을 정도로 강대했다. 그는 제갈치광의 팔꿈치를 움켜쥐고 옆으로 몸을 날렸다. 창졸간 전신의 내력을 소모해야 할 만큼 다급한 상황이었다.

콰쾅! 콰쾅! 콰쾅!

적운비는 전방에 만들어 놓은 원을 하나씩 내보냈다.

면장의 기운이 연이어 꽂혀든다.

이전에 혈인과 위지혁을 상대할 때에는 다섯 번이 한계였다.

하나 이번에는 송제와 초강의 내력을 빌린 것이나 다름없었다. 적운비의 내공은 이 할이나 포함됐을까 싶을 정도였다.

'맙소사!'

한데 놀라운 것은 면장을 쏘아낸 횟수가 이미 다섯 번을 넘어섰다는 점이다. 비록 적운비가 홀로 만들어낸 면장에 비해 위력은 떨어졌지만 말이다.

그러나 송제와 초강의 내공은 부족할지언정 사특하지 않았다. 오히려 불가의 무공처럼 정순하기 그지없는 내공이 아닌가.

'사마외도가 아니라고?'

명문의 그것처럼 정명한 내공을 쓰는 살수들을 뭐라고 표현해야 할지 짐작조차 할 수 없었다.

그 순간 하나의 정보가 적운비의 뇌리를 스쳤다.

불가의 무공을 대표하는 것은 소림과 아미, 보타암이다. 하나 그것은 중원에 국한한 것일 뿐, 새외까지 시야를 넓히면 소림에 비견되고, 제이의 보타암이라 불리는 하나의 불문이 존재했다.

바로 포달랍궁(布達拉宮)이다.

'밀법의 수호자! 하지만 지금은 사도련으로 인해 멸문하여 지리멸렬한 지 오래라고 했다!'

그렇다면 저들의 존재를 설명할 수 있을 터였다.

불가의 무공을 사용하는 살수의 존재를 말이다.

또한 저들의 정체 또한 유추할 수 있었다.

포달랍궁의 위계도는 궁주와 동격인 신녀가 존재했고, 신녀의 뜻을 따르는 생사판관이라는 직위가 있었다.

그리고 궁주가 머무는 대전의 이름은 바로 생사대전이 아니던가.

적운비는 지난날 단도제와 만날 당시 오기린이 스치듯 내뱉은 단어를 떠올렸다.

'생사패!'

저들이 살행을 하지만, 살수와 다른 이유가 분명하게 드러난다. 애초에 불문의 고수였으니 그 자부심이 어떠하겠는가. 보통 살수처럼 살행을 하지 않는 것은 그야말로 마지막 자존심이 분명했다. 하나 적의 정체와 상황을 알았다고 해서 달라지는 것은 없다.

제갈치광의 하수인을 자처한 자들이 아닌가.

오히려 무당파가 사태천에 먹힌 포달랍궁처럼 될까 두려운 마음이 더욱 컸다.

그렇기에 적운비는 제갈치광과 오관을 떼어놓기 위해 연방 면장을 흩뿌렸다.

적운비는 생사패가 이번 일로 제갈치광을 옭아매려는 것처럼 자신도 그렇게 행할 생각이었다.

무능력한 녀석이지만, 명색이 제갈세가의 적통이다.

약점을 잡아 놓으면 분명 큰 도움이 되리라.

한데 그 순간 이변이 일어났다.

오관이 어찌 된 일인지 제갈치광을 밀친 것이다.

면장이 쇄도하는 공간으로 말이다.

"크흑!"

제갈치광은 면장의 위력을 목도함으로써 반쯤 넋이 나간 상태였다. 자신은 물론이고, 세가에서 그토록 원하던 엄청난 위력의 무공을 적운비가 펼쳤기 때문이다.

그는 멍한 눈빛으로 자신을 향해 휘몰아치는 기운을 응시했다.

이쯤 되면 다급한 쪽은 적운비였다.

제갈치광을 살려야 하는 것은 생사패나 적운비나 마찬가지였다.

하나 여기서 극명한 차이가 발생한다.

생사패는 이미 근거지를 잃은 상태가 아닌가.

그렇기에 제갈치광을 잃고, 공적이 된다 해도 떠나면 그만이었다. 어차피 부평초와 같은 삶을 이어가던 자들이다. 지금까지 일궈 놓은 근거지가 아깝지만, 패천성에서라도 다시 시작하지 못할 이유가 없다.

그러나 적운비는 그렇지 못했다.

무당파는 엄연히 정파의 명문이었고, 천룡맹에 속했으며, 중원에 존재했기 때문이다.

"빌어먹을!"

적운비는 난생처음으로 양의심법을 강제로 흐트러트렸다. 그 순간 엄청난 반탄력이 적운비의 전신을 강타했고, 이내 식도가 터져나갈 정도로 많은 양의 핏물이 역류했다.

"크어억!"

적운비는 다리를 부들부들 떨면서 목과 심장을 움켜쥐었다. 그의 얼굴은 전신의 피가 몰린 것처럼 새빨갛게 물들어 있었다.

지금껏 내상을 한 번도 입지 않은 것은 아니다.

하나 대부분 수련이나, 비무로 인한 상처가 아니었던가. 심지어 진천도주와 싸울 때에도 반탄력을 상쇄시켜 준 것은 양의심법이었다.

적운비가 스스로 양의심법을 해제했으니 그 반탄력은 고스란히 몸이 받아내야 했다.

'끄으으으으윽!'

창졸간 다시 한 번 끌어올린 양의심법의 내공으로 숨통이 트였다.

하나 육신의 피해를 살피는 대신 전방을 노려봤다.

면장을 거부한 것은 처음이다.

그렇기에 완벽하게 면장을 없애는 것이 불가능했다.

'이런 젠장할!'

적운비는 입가에 흐르는 핏물을 닦을 사이도 없이 침음을 삼켰다.

조금 전까지만 해도 서 있던 제갈치광은 삼 장이나 튕겨 나간 후가 아닌가. 게다가 핏물을 꾸역꾸역 토해내는 꼴이 적지 않은 상처를 입은 듯했다.

적운비는 오관을 노려봤다.

그는 강 건너 불구경하듯 무심한 표정을 짓고 있었다.

마치 자신은 아무 관련이 없는 것처럼 말이다.

오관이 제갈치광을 밀친 것은 사실이지만, 상처를 입힌 쪽은 적운비였다.

그리고 제갈수련은 이미 면장을 목도하지 않았던가.

제갈세가의 분노가 어디로 향할지는 자명했다.

스릉—

오관이 다시 한 번 검을 뽑았다.

도주로 인해 내력이 소진된 것은 사실이나, 내상을 입은 적운비에 비할 바는 아니었다. 또한 송제와 초강 역시 손실된 내공을 추스른 지 오래였다.

적운비는 자신을 포위하기 위해 슬금슬금 다가오는 세 명을 물끄러미 응시했다.

'오늘은 아무래도 득보다 실이 많구나.'

찰나간 생사패의 목적을 깨달은 것에 자만했다.

자신이 했다면 저들도 자신의 목적을 눈치챌 수 있다는 점을 간과한 것이다.

적운비는 양의심법을 운용하며 세 사람과의 거리를 벌리려 했다.

한데 아무리 생각해도 세 사람 중 머리를 쓸 만한 자는 보이지 않았다.

전형적인 무인의 모습을 하고 있었기 때문이다.

'근처에 또 누가 있겠군.'

적운비는 그것을 눈치채는 순간 가볍게 무릎을 굽혔다. 그러고는 쓰러져 있는 제갈치광을 향해 일장을 내질렀다.

"피하지 마!"

오관의 외침에 송제와 초강이 합심하여 적운비의 공격을 튕겨냈다.

"약해!"

"놈은?"

송제와 초강은 분노를 억지로 삼키며 주변을 살폈다.

하나 적운비의 신형은 어디에서도 찾을 수가 없었다.

이미 전장을 이탈하여 사라진 것이다.

제운종을 떠올리면 추적한다고 해도 잡을 수 있다는 보장이 없다. 오히려 군웅회로 인해 몰려든 사람들의 시선에 띌 우려가 더욱 컸다.

한데 오관은 의외로 평온한 표정을 유지했다.

"이제 어떻게 하면 되겠습니까?"

잠시 후 제갈치광과 오관이 나왔던 문을 통해 한 명의 노인이 모습을 드러냈다.

명부사자 중 서열 육 위인 염라였다.

"어차피 자네들 셋으로는 잡을 수 없어."

초강은 열양공을 익힌 사람답게 얼굴을 붉혔다.

"아닙니다!"

"잠시 기공으로 놀랐을 뿐입니다. 다시 만나면 잡을 수 있습니다!"

하나 염라는 단호하게 고개를 내저었다.

"무당에서 키운 천위라기에 나선 걸음이다. 그리고 혹시나 했던 것이 역시나가 되어 버렸어. 놈이 펼친 것은 면장이다. 게다가 두 사람의 기운마저 무효화시켰고, 오히려 그 기운을 통제하여 오관을 공격했지."

오관은 고개를 갸웃거렸다.

"그렇다면 그것은 양의심법을 뜻하지 않습니까?"

"맞다."

염라는 잠시 침음을 삼킨 후 입꼬리를 올렸다.

"변성과 태산을 호출하게."

명부사자들은 눈을 휘둥그레 떴다.

명부 서열 사 위와 오 위를 호출한다면 생사패의 절반이 나선 꼴이다. 지금껏 이런 일은 전무했기에 그들은 놀람을 금치 못했다.

"적운비라는 녀석이 그 정도입니까?"

"아직은 용이 되기에 부족하나, 시간문제일 뿐이다. 이미 우리와 적대 관계가 되었으니 당장이라도 없애야 해. 지금 당장 두 사람을 호출하고, 홍문원주께는 노부가 간곡하게 부탁했다고 말씀드리게."

염라는 당장 출발하려는 송제를 붙잡고 신신당부했다.

"이건 제갈치광을 옭아매는 일에서 끝나지 않는다. 적운비를 죽이는 건 이제 생사패의 의뢰가 아니라 밀법의 존폐를 위해서인 게야. 알겠는가?"

"명심하겠습니다."

송제가 떠난 후 염라는 나직이 한숨을 내셨다.

"어쩐지 일이 너무 쉽게 풀린다 했어."

오관이 씁쓸하게 웃으며 제갈치광을 턱짓으로 가리켰다. 염라는 숨이 넘어갈 것처럼 헐떡거리는 제갈치광을 보며 미간을 찡그렸다.

"옆구리와 어깨를 스쳤을 뿐인데 이 정도라니…… 그 아이가 강한 건가? 아니면 이 녀석이 허약한 것인가?"

"어찌하면 되겠습니까?"

"상선비초로 숨만 붙여놓게."

오관은 품에서 종이로 감싼 약초를 꺼냈다.

"이처럼 귀중한 것을 사용하려니 참으로 아깝습니다."

염라는 시큰둥한 어조로 말했다.

"어차피 살아만 있으면 우리의 꼭두각시가 될 게야. 약값 이상으로 뽑아낼 것이니 개의치 말게."

한데 오관이 치료를 위해 시간을 보낼 때 염라의 입꼬리는 조금씩 올라가고 있었다.

'클클! 이제야 질긴 인연을 끊고, 양지로 나갈 수 있음이야.'

第六章

혼탁(混濁)

적운비는 눈을 질끈 감고 탄식했다.

생각하지 않으려 해도 생사패의 다음 행보를 예측할 수 있었다.

저들은 흉수로 자신을 지목할 것이다.

그로 인해 운신의 폭을 넓히면 그림자를 척결하려는 태상에게서 벗어날 수 있는 게다.

하나 적운비는 그다음에 벌어질 일을 알고 있기에 여유를 부릴 수가 없었다.

천괴의 흔적은 무당파에서 끊긴 것이 분명하다.

제갈세가는 작금의 기회를 놓치지 않을 것이다.

오랫동안 절대기공을 찾아 헤맨 자들이 아닌가.

천괴의 무공이라면 세가의 전력을 기울일 만한 가치가 있었다.

그러니 제갈세가에게 있어서 가장 큰 눈엣가시는 바로 무당파였다. 이학인이 벽천 진인의 이름을 거론하며 위기를 알려야 했을 정도로 말이다.

'태상이 이 기회를 놓칠 리 없지.'

제갈치광의 생사는 중요치 않다.

무당의 제자가 제갈세가의 소가주를 공격했다는 점이 핵심이었다.

그 후의 과정은 불을 보듯 뻔했다.

정보의 통제, 명분을 만드는 것.

제갈세가에서 가장 잘하는 것이 아니던가.

적운비는 호흡을 가다듬었다.

양의심법을 운용할수록 고통이 사그라졌다.

하나 몸 상태를 최고조로 끌어올리기에는 시간이 부족했다.

'제갈치광이 깨어나고, 태상이 이 사건을 알게 될 때까지가 우리에게 허락된 시간이야.'

태상은 자신을 잡으려 할 것이다.

그 후 적운비는 정파인으로서 해서는 안 될 악행을 한 공적으로 포장될 것이 분명했다.

군웅회에는 온갖 사람들이 모여들지 않았던가.

그들 중 대다수는 태상이나 천룡맹을 통해 입신양명하려는 자들이다. 군중의 무서움은 휩쓸리기 시작하면 처음으로 돌아가지 못한다는 점이 아니겠는가.

일단 공적으로 낙인찍히면 훗날 되돌리기란 요원했다.

그리고 태상이 그런 기회를 줄 리도 만무하지 않은가.

'나만 건드리면 괜찮아. 하지만 놈들은 천괴의 흔적이 무당파로 이어진 것을 알아. 당장이라도 무당파의 경내를 휘저으며 수색하고 싶겠지. 그것만은 절대로 용납할 수 없어!'

적운비는 이를 악물며 다짐했다.

태상은 자신을 공적으로 만들고 무당파를 압박할 것이다. 그 과정에서 자신을 비롯한 무당의 제자들을 인질로 삼을 것은 자명했다.

적운비는 황급히 처소로 걸음을 옮겼다.

주변의 시선은 신경 쓰지 않았다.

아직은, 아직은 괜찮다.

"너 표정이 왜 그러냐?"

운기조식을 하던 혈인이 물었지만, 적운비는 대꾸도 하지 않은 채 다가섰다.

"왜 그래?"

"비켜 봐."

혈인은 미간을 찡그렸다. 하나 적운비의 심각한 표정에 군소리 없이 침상에서 내려왔다.

그 순간 적운비의 우수가 혈인의 침상을 후려쳤다.

콰직!

"야! 뭐하는 짓이야?"

혈인은 화를 내다가 눈을 휘둥그레 떴다.

부서진 침상 안에서 종이 뭉치가 나왔기 때문이다.

적운비는 피식 웃으며 자신의 침상을 가리켰다.

"너 써라."

"어디 가는데?"

"몰라도 돼. 너를 위해서라도 그게 좋아."

혈인은 적운비가 벽에 무언가 끄적거리는 모습을 지켜봤다. 그것은 적운비가 말없이 처소를 떠날 때까지 계속됐다.

—단가왈 주위상책(檀家日 走爲上策).

이것이 적운비가 남긴 전부였다.

'도망치는 게 최상이라니…….'

혈인은 잠시 머뭇거리다가 검을 쥐었다.

일전 적운비와의 비무를 하다가 검이 산산조각 났다. 몇 마디 툴툴거렸더니 적운비가 철방에서 사준 검이었다.

스릉—

손잡이를 휘감은 가죽과 광목은 거칠었고, 빛나는 검신에는 흠집 하나 없었다.

잠시 후 혈인은 검을 허리에 맸다.

그러고는 멋쩍은 듯한 마디를 읊조렸다.

"검이나 길들이러 가야겠다."

＊　　　＊　　　＊

적운비는 숨겨두었던 비급을 챙기자마자 왕차재가 누워 있을 의당으로 향했다.

자신이 도망친다고 해서 해결될 일이 아니었다.

태상은 위지혁이나 진예화를 범인으로 단정 짓고도 눈 하나 깜짝하지 않을 위인이 아니던가.

'모두 함께 가야 해!'

한데 의당에는 위지혁과 왕차재가 전부였다.

"운비야."

적운비는 위지혁의 인사를 귓등으로 흘린 채 다급하게 물었다.

"진예화, 어디 갔어?"

위지혁은 적운비의 급박함에 홀린 듯 대꾸했다.

"육미려를 만나러 갔어."

적운비는 갑자기 튀어나온 이름에 미간을 찡그렸다.

"육가인의 동생? 그녀를 왜?"

"전의 일 때문에…… 육미려가 자신이 시비를 건 것에 사과하고, 장영과의 사건은 자신이 의도한 것이 아니라면서……."

적운비는 말문을 잇지 못했다.

잠시 후 크게 탄식하며 어깨를 축 늘어트렸다.

'하아…….'

평소라면 모를까 이번에는 감이 좋지 않았다.

무령당의 무화운이 제갈치광과 자신을 치고받게 만들려고 큰 그림을 그리지 않았던가.

이런 상황에서 육미려가 진예화를 끌어냈다면 함정일 가능성이 농후했다. 무엇보다 육미려가 아무 이유 없이 사과의 손길을 내밀었을 것이라 믿기 어려웠다.

위지혁은 무언가 잘못됐다는 것을 느꼈는지 황급히 대꾸했다.

"사과의 의미로 차 한잔 하자고 하더라고. 하도 간곡하게 청하기에 잠시 다녀오겠다고 하더라."

적운비는 탄식하며 미간을 찡그렸다.

이건 자신의 탓이다.

지난날 옥청관의 여아들과 어울리기를 제의했던 당사자가

바로 자신이었기 때문이다. 사람의 마음을 받아 주라고, 배척하지 말고 먼저 다가가 보라고 말이다.

적운비는 다급하게 물었다.

"어디로 갔어?"

"홍문원이야. 나도 갈게!"

위지혁이 검을 챙기려는데 적운비가 손목을 잡아챘다.

"혼자 간다."

"너보다 약할지 모르지만, 나도 열심히 수련했다. 그리고 나 역시 무당의 제자야. 예화가 위기에 처했다면 당연히 나도 가야지!"

하나 적운비는 단호하게 고개를 내저었다.

"그 마음을 모르는 게 아니야. 너는 할 일이 있어."

"도대체 무슨 일이 벌어진 거냐?"

적운비는 잠시 머뭇거렸다.

하나 상대는 위지혁이 아닌가. 청송관 시절 가장 미덥지 못한 녀석이었지만, 지금이라면 가장 믿을 만했다.

"우리는 오늘 천룡학관을 떠난다."

"관도가 허락 없이 천룡맹을 벗어나면 안 돼."

위지혁의 말에 적운비는 고개를 내저었다.

"정세는 거미줄처럼 얽혀서 진실과 거짓이 난무한다. 무화운이 왕차재의 일을 꾸몄고, 태상은 무당파를 노린다. 천괴의 무학은……."

적운비는 대략적으로 상황을 알려 주었다.

위지혁은 침음을 삼키며 나직이 읊조렸다.

"그렇다면……."

"그래, 그들은 허락하지 않아. 그들은 무당파 전체를 묶어서 범죄 집단으로 만들 셈이다. 그 누명을 씌우고 무당파 전체를 수색할 수 있는 권한을 만들 거야. 우리가 인질이 되면 만사가 물 흐르듯 이어질 거야. 무당파가 미처 대비할 사이도 없이!"

쾅!

위지혁은 의당이라는 것도 잊고, 벽을 후려쳤다.

"빌어먹을! 이 새끼들은 정도라는 것도 없는 거냐?"

적운비는 위지혁을 다독이며 말했다.

"나는 홍문원으로 간다. 너는 무정 사고께 이 일을 아뢰라. 사부님으로 인해 사고도 이변이 일어날 것에 대비하고 계실 거야. 그 후에 사고와 함께 왕차재를 마차에 태우고, 남문으로 가. 군웅회로 인해 가장 번잡한 곳이야. 거기라면 별 문제 없이 학관을 떠날 수 있을 거다."

"너는?"

적운비는 빙긋 웃으며 자신을 가리켰다.

"나는 예화와 함께 간다."

*　　*　　*

적운비는 싸우러 가는 것이 아니었다.

싸워서 이긴다 할지라도 천룡맹 전체와 싸울 수는 없는 노릇이 아닌가. 결국 수적 열세를 이겨내지 못하고 잡힐 것이 분명했다.

그러니 최대한 은밀하게 잠입해서, 진예화만 데리고 나오는 것이 목적이었다.

그 정도라면 그리 어렵지 않으리라.

그렇기에 적운비는 홍문원으로 향하던 중 탈출 계획을 세우느라 여념이 없었다.

'허수아비를 하나 세우면 좋을 것 같은데……'

먹잇감을 던져주고 그 사이에 빠져나갈 생각이다.

제일 먼저 오기린이 떠올랐다.

하나 연이어 떠오른 단도제로 인해 포기할 수밖에 없었다.

단도제는 자신과 같다.

개인적인 호불호보다 우선시되는 것이 존재했다.

자신이 무당인 것처럼, 그에게는 오기린일 터였다.

단도제에게 개인적인 부탁을 하면 들어줄 테지만, 그 대상이 위지혁과 진예화라면 우선순위가 달라질 수 있었다. 그에게 있어서 자신을 제외하면 오기린에 미치는 존재는 없는 것이나 마찬가지였다.

'제갈수련이 있었다면 최상인데.'

적운비는 고개를 내저었다.

단도제가 마지막으로 전한 정보가 바로 제갈수련의 출발이 아니던가. 이제 태상을 견제할 사람은 전무했다.

태상은 온전한 힘으로 부딪쳐 올 것이다.

'그렇게 되면 아무리 나라고 해도 이겨낼 수 없어.'

태상이 아무 반대 없이 맹주 자리에 오른 점.

군웅회를 여는 자금력과 수족을 잘라내는 과감함.

그럼에도 불구하고 여전히 건재함을 자랑한다.

홀로 상대할 수 있는 상대가 아니었다.

'최소한 면장과 양의심법, 그리고 구궁무저관의 단서를 전해야 해.'

역시 관건은 탈출이다.

전원 탈출만 가능하다면 태상은 무당을 압박하기가 어려울 것이다. 세간의 시선을 의식하지 않을 수가 없기 때문이다. 그렇다면 적운비가 무당에 비급을 전하고 떠날 때까지의 시간을 벌 수 있을 터였다.

'그리고 내가 무당을 떠나 다른 곳에서 문제를 일으키면 더 이상 무당파를 궁지에 몰지 못할 거야.'

그 순간 적운비의 두 눈에 살의가 스쳐 갔다.

무당에서 떠난 후 제갈치광을 노릴 생각이었다.

제갈치광이 제아무리 못 미덥고, 모자란 녀석이라고 해도 세가의 독자가 아닌가. 그야말로 가문의 대가 끊기는 거다. 태상이라고 해도 회군하지 않을 도리가 없을 것이다. 설령 회군하지 않는다 해도 대세에는 큰 영향을 미치지 못할 것이다.

애초에 태상의 명분은 무당이 아닌 자신이 만들었기 때문이다. 그렇기에 태상은 더 이상 무당을 압박하지 못하고, 만천하에 드러난 자신을 쫓아야 할 것이다.

본인의 의도와 상관없이 말이다.

그렇게 되기 위해서는 한 가지 선결조건이 필요했다.

적운비는 침을 삼키며 턱을 파르르 떨었다.

'파문이라……'

＊　　　＊　　　＊

홍문원의 전각 중 가장 화려한 곳은 출입하는 것만으로도 많은 비용을 내야 한다. 그렇기에 자연스레 명가의 후예나, 거상의 자식들이 드나들기 마련이다.

한데 일 층의 구석에는 두 명의 사내가 술을 마시고 있었다.

화복을 입은 중년인과 호위로 보이는 사내였다.

하나 실상은 등 뒤로 패도를 맨 사내가 주(主)였고, 화복을 입은 중년인이 보조하는 입장이었다.

바로 평등의 명을 받고 무화운을 감시하기 위해 파견된 명부사자 서열 십 위, 진광과 그 수하였다.

두 사람은 잔을 주거니 받거니 하는 도중에 전음을 보냈다.

[십여 명이 특실 주변을 경계하고 있습니다.]

[목표는?]

[움직이지 않았습니다.]

[변경 사항은?]

[육가인의 동생 육미려가 무당의 제자 진예화와 함께한 시간이 벌써 이각째입니다. 내려오는 시간이 너무 늦군요. 대비해야 할까요?]

[목표는 적운비와 무화운이야. 우리 쪽은 무화운이니 무당의 제자는 신경 쓰지 않는다.]

[그리하겠습니다.]

[업보를 행하는 쪽에서 임무 완수 신호가 오기 전까지는 경계를 늦추지 말라.]

중년인은 환하게 웃으며 잔을 비웠다.

반면 고층 특실에 자리 잡고 있던 육미려의 표정에는 웃음기가 전무했다. 그녀는 입술을 오물거리며 불안한 표정으로 자신의 찻잔을 내려다볼 뿐이었다.

맞은편에는 진예화가 마시고 있던 찻잔이 덩그러니 놓여 있었다. 이미 차갑게 식어 버린 찻물에 파문이 일 때마다 육미려는 흠칫 놀라며 파르르 떨어야 했다.

'오라버니가 시키는 대로 했을 뿐인데 왜 이렇게 불안한 거야?'

처음부터 진예화와 화해하고 싶은 생각은 없었다.

그저 육가인의 부탁으로 내키지 않는 걸음을 했을 뿐이다. 그러니 두 사람이 마주했을 때 정상적인 대화가 오갔을 리 만무했다.

결국 진예화는 차만 마시고 특실을 나섰다.

"걱정 마라. 네게는 아무 일도 없을 거다."

육미려는 자신을 다독이는 육가인의 말에도 평정심을 유지할 수 없었다.

진예화가 특실을 나서는 순간 누군가 쓰러지는 소리가 들리지 않았던가. 그리고 사내로 여겨지는 발걸음이 이어졌다. 그 후로 특실 주변은 아무도 없는 것처럼 고요하기만 했다.

'아무 일도 없을 거야. 오라버니가 말했잖아. 그러니까 괜찮아.'

하나 그녀는 알지 못했다.

그녀 뒤에 선 육가인과 무화운이 의미심장한 눈빛을 교환하고 있음을 말이다. 그리고 요즘 들어 항상 함께하던 장영이 어느새 자취를 감췄음을 말이다.

'난 괜찮아. 나는 잘못한 게 없어!'

육미려는 탁자 밑으로 늘어트린 두 주먹을 불끈 쥐며 속으로 쉼 없이 외쳐야 했다.

잠시 후 육가인과 무화운이 육미려를 내버려 둔 채 특실을 나섰다.

*   *   *

진예화는 죽은 듯이 누워 있었다.

한데 어느 순간 그녀는 튕기듯이 몸을 일으켰다.

그러고는 허리춤을 더듬거리며 검을 찾았다.

스릉—

검을 뽑은 그녀는 눈을 가늘게 뜬 채 연방 호흡을 가다듬었다.

'어디지?'

조용한 곳이다.

사방에는 수목이 가득했고, 귀를 기울이면 희미하게 물이 흐르는 소리가 들려온다.

어딘가의 후원이라는 뜻이다.

'젠장! 어째서 이렇게?'

육미려와 함께 마신 차를 마신 직후 시야가 가물거렸다. 그리고 이후의 일은 생각나지 않았다.

'옷은 그대로군.'

진예화는 솔직히 분노보다 안도감을 먼저 느꼈다.

하나 시간이 흐를수록 안도하는 마음은 사라지고 분노가 들끓었다.

함정은 생각지도 못한 일이었고, 이처럼 대담하게 벌일 줄은 역시 생각하지 못했다.

수치심이 강해질수록 분노도 커졌다.

그 순간 여러 명의 발소리가 들렸고, 사방에 불길이 치솟았다.

십여 명 남짓한 사내들이 횃불을 밝힌 것이다.

그중에서 낯이 익은 장영을 찾는 것은 그리 어렵지 않았다.

"너!"

진예화가 이를 갈았지만, 장영은 여유롭기만 했다.

"후훗, 생각보다 빠른 시간에 다시 만나는군."

"도대체 무슨 짓을 꾸미는 거냐?"

장영은 어깨를 으쓱거렸다.

"이런! 나를 색마 취급하는 눈빛은 그만 거두지그래. 누누이 얘기하지만, 나는 육 소저 말고는 관심 없다니까? 나는 그저 너와 비무를 하고 싶을 뿐이야."

"흥! 권암당은 이런 방식으로 비무를 신청하나 보지?"

"크큭! 배려를 이런 식으로 곡해하면 쓰나."

터텅!

장영은 묵피갑을 두들기며 앞으로 나섰다.

그러고는 진예화를 향해 손가락을 까딱거렸다.

"이겨서 네 발로 당당하게 걸어 나가라고."

그렇다. 장영의 말처럼 이기면 되는 것이다.

한 번 이겼던 상대를 다시 이기지 못할 이유가 없다.

고작 며칠의 시간으로 괄목상대한 모습을 보이기란 요원하지 않은가.

진예화는 호흡을 가다듬으며 자세를 취했다.

하나 내력을 끌어올리려는 순간 자신도 모르게 신음을 흘렸다.

"크흑!"

그 순간 장영의 폭소가 터져 나왔다.

"하하하! 왜 그래? 배라도 아픈 사람처럼……."

진예화는 자신의 몸 상태를 확인하고, 아랫입술을 깨물며 외쳤다.

내공을 움직일 때마다 아랫배가 따끔거렸다.

그러다 보니 내력은 예전처럼 모이지 않았고, 원활하게 움직이지도 않았다. 몸 상태는 긍정적으로 생각해도 평소의 칠 할 정도였다.

"무슨 짓을 한 거냐?"

장영은 어깨를 으쓱하며 말했다.

"글쎄. 무슨 짓을 한 걸까? 설마 홍문원에서 차에 약이라도 탄 건가? 너 이곳저곳에 원한을 지닌 자들이 많구나. 하하하!"

진예화는 별다른 대꾸를 하지 않았다.

동공을 익힌 그녀였기에 말을 섞기보다 해독에 힘쓴 것이다.

하나 몸 상태는 호전될 기미를 보이지 않았다.

터텅!

"그 녀석이 이각 정도라고 했으니 어디 한 번 즐겁게 놀아 보자고!"

진예화는 장영의 말에 미간을 찡그렸다.

이제야 돌아가는 상황을 알게 된 것이다.

'이 정도로 무색무취한데 중독 시간까지 정할 수 있다면 무령당밖에 없잖아.'

적의 정체를 알았지만, 상황은 여전히 위급했다.

아니나 다를까 장영은 진예화가 생각에 잠긴 틈을 노렸다.

어차피 주변에 수하들을 배치한 상태가 아닌가.

거리낄 이유가 없었다.

진예화는 이를 악물고 내력을 끌어올렸다.

그리고 찰나의 망설임도 없이 구궁신행검법을 펼쳤다.

터터터텅!

하나 십여 회가 넘게 부딪쳤던 두 사람의 우열은 너무도 쉽게 드러냈다.

진예화는 어느새 다섯 걸음이나 물러선 후였다. 게다가 얼굴은 피가 쏠려서 새빨갛게 달아오른 상태였다.

"후우…… 후우……."

반면 장영은 여유롭다.

그는 양팔을 벌린 채 가슴을 훤히 드러냈다.

"예전의 여유는 어디 가셨나?"

"닥쳐!"

진예화의 일갈에 장영은 놀란 척하며 다시 한 번 이죽거렸다.

"크큭, 그런데 말이야. 아까는 네가 이겼을 때만 얘기했잖아. 만약 지기라도 하면 두 다리로 걸어서 못 나갈 거다."

"……."

"네 발로 기어서 나가게 될 거야."

그 순간 후원의 문이 열리며 두 사람이 나타났다.

육가인과 무화운이 뒤늦게 모습을 드러낸 것이다.

장영은 육가인을 가리키며 키득거렸다.

"너에 대한 마무리는 저 녀석이 할 거다."

진예화는 장영의 손길을 따라 육가인과 시선을 마주쳤다. 한데 육가인의 눈빛은 평소와 달리 서늘하면서도 끈적끈적했다.

시선을 돌렸지만 기분은 나아지지 않았다.

여전히 육가인의 시선이 들러붙어 있는 듯한 기분이었다.

진예화는 자신도 모르게 진저리를 쳤다.

그 순간 장영이 다시 한 번 달려들었다.

"빨리 끝내자고!"

터텅!

진예화는 미간을 찡그렸다.

장영의 주먹에 실린 묵직함이 배가 됐다.

그것이 아니라면 자신의 내력이 바닥나고 있다는 뜻이리라.

어느 쪽이든 그녀에게 득이 되지는 않았다.

육가인은 장영이 일방적으로 진예화를 몰아붙이는 모습을 보며 입꼬리를 올렸다. 평소라면 동생을 끌어들이자는 무화운의 말을 단칼에 잘라냈을 것이다.

하나 지난날 진예화와 장영의 싸움은 뇌리에 깊이 박혀 있었다. 당시 진예화에게서 뿜어져 나오던 빛은 너무도 휘황찬란했다.

그 빛을 취했을 때의 쾌감은 상상하는 것만으로도 아랫도리가 묵직해질 정도였다.

'탈혼십조의 대성이 멀지 않았군. 크큭!'

육가인은 숙원 달성을 목전에 두고 자연스럽게 옛일을 떠올렸다. 그가 떠올린 것은 창령이라는 별호를 얻게 된 날이었다.

바로 색마 탈혼수를 척살한 날이기 때문이다.

하지만 육가인이 탈혼수를 척살하는 과정은 세간에 알려진 것과 달랐다.

탈혼수는 생각보다 강했고, 육가인은 혼자가 아니었다.

우여곡절 끝에 탈혼수는 쓰러졌다.

아마 탈혼수가 여인으로부터 흡수한 내력을 제 것으로 만들던 중이 아니었다면 죽는 쪽은 반대였으리라.

육가인은 운기조식을 중단했음에도 엄청난 위력을 보였던 탈혼수의 무공을 욕심냈다.

그것이 바로 탈혼십조(奪魂十爪)인 게다.

육가인은 망설임 없이 탈혼십조를 익혔다. 그렇게 틈틈이

기녀나 길 잃은 여인들을 납치하여 정혈을 빨았다.

그는 팔짱을 낀 상태에서 자신의 손톱을 매만졌다.

내력이 주입되는 순간 강철보다 단단하고, 핏빛보다 붉게 물들 최고의 무기가 아닌가.

구성에 이른 탈혼십조를 대성할 수 있는 기회다.

초조해지는 것은 당연했다.

"장영! 언제까지 질질 끌 셈이냐?"

육가인의 외침에 장영이 고개를 돌렸다.

그는 그 정도의 여유를 보일 만큼 진예화를 밀어붙이는 중이었다.

"크큭! 나에게 굴욕을 준 계집이야! 조금 더 가지고 놀아야겠어!"

육가인은 입술을 할짝거리기 시작했다.

반면 무화운은 의미심장한 표정으로 전황을 주시하고 있었다.

'이쯤 되면 무슨 소식이 들려와야 할 텐데······.'

무화운은 적운비의 머리가 비상하다고 평가했다.

그렇기에 몇 겹의 장치를 만들어 의심하지 못하게 만들고자 했던 것이다.

그가 예상한 대로 일이 벌어졌다면 지금쯤 제갈치광과 적운비로 인해 난리가 나야 했다. 하나 소문이 가장 먼저 모여들 홍문원은 조용하기만 하다.

하지만 무화운은 육가인처럼 초조함을 드러내지 않았다.

이번 일을 꾸미기 위해 수많은 정보를 수집했다.

적운비는 결코 이곳을 벗어날 수 없을 것이다.

무화운은 난처한 기색이 역력한 진예화의 표정을 보며 비릿한 혈소를 보였다.

'네가 제갈치광에게 쳐놓은 덫에서 벗어난다고 해도 저 계집만은 그냥 지나치지 못할 것이야.'

제갈세가가 아니라면 서기병문이나 삼문비당과 치고받고 해도 재밌을 듯했다.

한데 그 순간 무화운의 귓가에 숨소리가 느껴졌다.

그리고 동시에 나직한 한 마디가 들려왔다.

"재밌냐?"

무화운이 눈을 휘둥그레 뜨며 돌아서려는 순간 등 한가운데를 파고드는 손길이 있었다.

콰직!

명문혈을 공격당했기에 엄청난 고통이 전신을 휘감았다.

적운비는 경악을 금치 못하는 무화운의 얼굴을 보며 한 마디를 흘렸다.

"재밌냐고 묻잖아."

第七章

첩첩산중(疊疊山中)

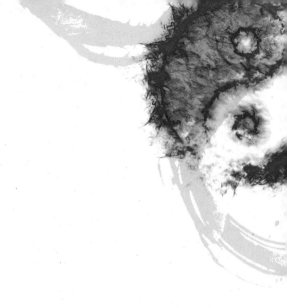

　적운비의 등장은 그야말로 충격적이었다.

　하나 가장 큰 충격에 빠진 사람은 다름 아닌 육가인이었
다.

　'뭐야? 언제 여기까지…….'

　학관 내에서 자신보다 강한 사람은 없다고 믿었다.

　게다가 남들이 모르는 탈혼십조까지 익힌 상태가 아닌가.
다른 사람과 달리 육가인은 삼 할이 아닌 오 할 이상의 실력
을 숨기고 있었다.

　그럼에도 불구하고 적운비의 접근을 눈치채지 못했다.

　아니, 아예 위화감조차 느끼지 못한 것이다.

그러니 육가인으로서는 눈앞에서 벌어지는 일이 꿈처럼 느껴지는 것이 당연했다.

반면 적운비는 육가인에게 시선조차 주지 않았다.

오히려 진예화와 장영 사이로 끼어들었다.

"이 새끼가!"

뒤늦게 장영이 적운비의 접근을 눈치챘다.

하나 속전속결을 결심한 적운비에게는 의미 없는 발버둥과 같았다.

장영의 주먹이 맹렬한 기세로 꽂혀들었다. 하나 적운비의 움직임이 한순간 장영의 시야에서 사라졌고, 이내 진예화의 곁에 모습을 드러냈다.

하나 적운비가 지나갔다고 해서 허공에 그려놓은 공파산이 사라진 것은 아니었다.

한 박자 늦게 면장이 장영의 주먹과 맞부딪쳤다.

콰직!

면장에 스며든 양의심법의 내공은 묵피갑을 갈가리 찢어버렸다. 그리고 그 여파가 장영의 주먹을 파고들었다.

장영은 손가락이 으스러진 채로 주저앉아 비명을 내질렀다.

적운비는 진예화의 앞에 서서 말했다.

"괜찮아?"

진예화는 입술을 파르르 떨었다.

그러나 이내 억지웃음을 지으며 말했다.

"괘, 괜찮아."

"가자. 지금 저런 놈들과 함께 어우러질 때가 아니야."

진예화는 군소리 없이 적운비를 따랐다.

몽혼연으로 인해 여전히 온몸은 노곤했기에 당장이라도 이곳을 떠나고 싶었다. 게다가 적운비의 표정은 지금껏 본 적이 없을 정도로 굳어 있지 않은가.

적운비는 장영을 지나치다가 다시 한 번 걷어찼다.

한데 장영을 물리쳤다고 해서 이곳을 벗어날 수 있는 것은 아니었다.

적운비는 자신을 둘러싼 권암당의 무인들을 보며 미간을 찡그렸다.

'열 명이라……'

어려운 상대는 아니었다.

하나 저들을 상대하면 서기병문과 무령당의 무인들이 달려올 것이다. 또한 생사패의 살수들 역시 자신을 찾기 위해 동분서주하고 있지 않겠는가.

시간을 계속 끌수록 적은 끝없이 몰려올 것이다.

콰드득.

적운비는 양 주먹을 말아 쥐었다.

이제는 힘을 숨길 이유가 없지 않은가.

제갈세가는 물론이고, 천룡맹 전체의 시선을 끌어야 했다.

'최대한 빠르고…… 화려하게 짓밟아 주마!'

*　　*　　*

"뭐라고?"

진광은 탁자를 후려치며 벌떡 일어났다.

무화운을 감시하던 수하들에게 연통이 왔기 때문이다.

"어째서 그놈이 이곳에……."

진광은 입매를 비틀며 수하를 향해 손짓했다.

"당장 오관에게 사람을 보내. 목표가 여기 있다고 말이야."

"무화운을 감시하던 수하들은 어찌할까요?"

"지켜보라고 해. 그리고 혹시 목표가 홍문원을 탈출하려고 하면 그때 막으라고 전해라. 가용할 수 있는 전력을 모두 후원으로 보내!"

"존명!"

진광은 수하가 자리를 뜨자, 황급히 심처로 향했다.

홍문원의 내부에서도 외곽에 위치한 곳이 진광의 목표였다.

"총위! 총위!"

명부사자 서열 삼 위인 도시(都市)가 초옥의 문을 열고 나섰다. 그는 홍문원의 무사장을 맡고 있었기에 총위(總衛)라 불렸다.

"무슨 일이냐?"

진광에게 있어서 도시는 오도전륜을 제외하면 가장 두려운 상대였다. 그렇기에 그는 극진한 자세로 조심스럽게 상황을 전달했다.

"뭐라고? 그것이 정말이냐?"

"그렇습니다. 분명 일각 전 오관과 송제, 초강이 목표와 조우했다는 정보가 들어왔습니다. 한데 놈이 이곳 후원에서 지금 삼문비당과 서기병문의 후예들과 대치하고 있습니다."

도시는 눈가의 흉터가 욱신거리는지 움찔거렸다.

"큿! 염라는?"

"염라는 잠시 산책을 나간다고……."

"필요할 때에 어디를 간 거야?"

도시는 진광을 향해 손을 내저었다.

"일단 자네도 수하들과 합류하여 적운비의 움직임을 지켜보게. 나는 원주께 알리지."

"존명!"

도시는 주변을 살핀 후 어둠 속으로 몸을 날렸다.

그 속도는 주변에 알려진 것과 비교할 바가 아니었다.

그는 홍문원주의 처소에 도착하자마자 문도 두드리지 않은 채 스며들었다.

한데 그가 처소에 들어서는 순간 미간을 노리고 쇄도하는 암기가 있었다.

펵!

도시는 자신의 귀를 스치고 지나간 검붉은 못을 보고 눈매를 꿈틀거렸다.

"백팔세비정을 써야 할 정도로 화가 난 거요?"

홍문원주인 평등은 옷으로 몸을 감싸며 침상에서 나섰다.

"그대의 무례함을 탓해야겠지."

명부사자의 서열은 강자존으로 정해진다.

하나 평등과 도시의 무위는 우열을 가리기 어려울 정도였다.

그렇기에 도시는 어깨를 으쓱거리며 대수롭지 않게 말을 이었다.

"바깥에는 난리가 났던데, 원주는 한가롭군."

"무슨 일이지요?"

잠시 후 평등은 표정을 굳히며 말했다.

"적운비가 그 정도인가?"

"그건 모르지. 목표의 무위는 염라가 조사하는 거잖아. 어찌 됐든 명부사자 셋으로도 놈은 건재해. 그럼 이제 내가 나서도 되겠지?"

평등은 여전히 능글맞게 웃고 있는 도시를 보며 미간을 찡그렸다.

"후원에는 몇 명이나?"

"서기병문과 삼문비당의 후계자들. 그리고 수하 십수 명 정도라더군."

도시의 말에 평등은 나직이 한 마디를 흘렸다.

"후원의 출입을 통제해요. 그리고 당신의 존재를 아는 사람은 단 한 명도 없어야 합니다."

덜컹—

도시는 허리에 감고 있던 요대를 풀었다.

그러자 매달려 있던 패도가 바닥을 나뒹굴었다. 하지만 도시가 쥐고 있던 요대는 빳빳하게 고개를 세운 채 예기를 번뜩였다.

"당연히 그럴 것이오."

도시는 평등의 처소를 나섰다.

그의 입가에는 짙은 혈소가 맺혀 있었다.

'크큭! 너희들도 예외는 아니다.'

* * *

눈 두어 번 정도 깜빡거릴 동안에 벌어진 일이다.

권암당의 수하들은 바위를 가루로 만드는 위력적인 무공을 사용해 보지도 못한 채 쓰러졌다. 어찌 보면 권암당의 패도적인 권법은 무당면장과 상극일지도 모르는 일이었다.

제아무리 대지를 뒤흔드는 공세도 적중하지 않으면 무의미했다. 한데 권암당의 패도적이지만, 직선적인 투로는 면장으로 감아버리기에 제격인 무공이 아닌가.

하지만 적운비는 여전히 후원을 벗어나지 못한 상태였다. 그는 자신의 앞을 막아선 육가인을 보고 미간을 찡그렸다.

오기창을 겨눈 그의 눈동자에는 결의가 가득했다.

하나 그것은 비무나 무공에 대한 열의라기보다는 진예화를 향한 욕심이나 다름없었다.

대화가 필요 없는 상황이다.

적운비는 그 어느 때보다 저돌적으로 달려들었다.

'너나 태상이나.'

원을 그리고 밀어냈다.

그것만으로도 육가인은 엄청난 압박감에 휘감겨야 했다.

하나 육가인 또한 수련을 게을리한 적이 없다.

그는 자신 있게 묵빛의 오기창을 휘둘렀다.

끼리릭!

면장은 기본적으로 회오리처럼 발생한다. 시작하여 끝에 이르는 과정을 하나로 인식하기 때문이다. 면장은 기의 흐름에 따라 오기창을 휘감았다. 그리고 언제나 그렇듯 상대의 기운을 상쇄시킨 후 오히려 역으로 공세를 취했다.

한데 그 순간 변화가 일어났다.

끼리릭!

육가인의 오기창이 여러 개로 분화되며 채찍처럼 와류를 그린 것이다.

적운비는 의외의 상황에 미간을 찡그렸고, 육가인은 회심의 미소를 보였다. 적운비의 정보를 모은 효과가 나타났다고 여긴 것이다.

하나 양의심법은 자연의 흐름과 상통하지 않던가.

음양의 조화로 인해 부드러움을 극대화시킨 게다.

태극을 역으로 휘감는 오기창과 양의심법의 기운이 정면으로 충돌했다.

역(逆)은 순(順)을 거스르지 못한다.

자연의 섭리가 아닌가.

콰지직!

오기창의 창(槍頭)두 부분이 비틀어졌다.

마치 빨래를 쥐어짜는 것처럼 뒤틀리더니 이내 창 전체가 배배 꼬이기 시작했다.

면장의 기운이 다절곤으로 분화된 오기창을 갈가리 찢는 데에는 긴 시간이 필요치 않았다.

육가인은 오기창을 놓고 쌍장을 휘둘렀다.

콰쾅!

폭음과 함께 육가인이 튕겨 나갔다.

하나 그의 표정은 그리 나쁘지 않았다.

탈혼십조를 운용하는 순간 면장을 막아내는 데 성공한 것이다. 게다가 장영을 비롯한 권암당의 무인들은 모두 기절한 상태였다. 탈혼십조를 사용한다고 해도 무리가 없는 상황이었다.

"죽어!"

적운비는 육가인의 변화에 미간을 찡그렸다.

눈동자에 붉은 기운이 스치는가 싶더니 손 전체가 붉게 물들었기 때문이다.

터텅!

오기창으로 막지 못했던 것을 손톱으로 막아냈다.

정체는 모르겠지만, 떳떳한 것은 아닐 터였다.

적운비는 육가인의 눈빛을 떠올리며 못마땅한 기색을 드러냈다.

'사공에 손을 댄 건가? 아니면 서기병문 전체가 사도와 연관이 있는 건가?'

어쨌든 더 이상 시간을 끌면 불리한 쪽은 적운비였다.

"후우……."

적운비는 호흡을 가다듬고 제자리에 멈춰 섰다.

한시라도 빨리 이곳을 벗어나야 할 사람의 행동은 아니었다.

육가인은 적운비가 탈혼십조를 두려워한다고 여겼는지 더욱 흉폭하게 날뛰었다.

"크아앗!"

그의 양손이 맹수의 발톱처럼 날카롭게 번뜩였다.

적운비는 담담한 눈빛으로 육가인의 공세를 지켜봤다.

그리고 지척에 이르는 순간 손을 편 채 가볍게 밀어냈다. 건양대천공과 곤음여지공을 연이어 발출하니 다섯 번에 이르는 공격이 동시다발적으로 출수된 것이다.

하나 육가인은 회심의 미소를 지었다.

탈혼십조를 극성까지 끌어올린 상태였다.

그는 적운비를 향해 일말의 망설임도 없이 손톱을 사선으로 내리 그었다.

공간을 찢어발길 듯한 파열음이 터져 나왔다.

하나 적운비의 손길에 맞닿은 순간 육가인은 눈을 부릅떠야 했다. 탈혼십조는 검을 끊어낼 정도의 강도를 지니지 않았던가. 한데 음양의 기운이 연달아 두들기니 탈혼십조는 그야말로 두부처럼 부서져 버렸다.

"크아아앗!"

육가인은 비명을 질렀고, 손을 흔들 때마다 핏물이 여기저기로 튕겨 나갔다.

적운비는 물러서는 육가인을 따라잡았다.

그러고는 일말의 망설임도 없이 육가인의 전신을 원 안에 담았다.

'부숴 버린다!'

하나 적운비가 내공을 발출하는 순간 강대한 기운이 공터의 사방에서 몰아쳤다.

적운비로서는 너무도 익숙한 기운이었다.

'살수?'

진광의 연통을 받은 생사패의 살수들이 도착한 것이다.

한데 송제와 초강, 그리고 오관만 나타난 것이 아니라 염라의 부탁으로 인해 변성과 태산까지 합류한 상태였다.

'이런…… 벌써 여기까지 쫓아온 건가?'

어찌 보면 진예화를 구하기 위해 생사패의 근거지에 침입한 것과 다르지 않았다.

그것을 모르는 적운비의 표정은 좋을 리 만무했다.

하나 육가인은 득의의 표정을 지었다.

그 역시 장영이 그랬던 것처럼 상관조와 이평을 보내서 서기병문의 고수들을 호출한 상태였다.

"아무도 나가지 못한다."

잠시 후 어둠 속에서 들려온 음산한 한 마디가 분위기를 바꿨다.

무화운은 뒤늦게 눈을 부릅떴다.

서기병문의 고수들이 이와 같이 행동할 이유는 전무했다. 게다가 복면을 쓴 이들은 적운비뿐 아니라 공터에 있는 모든 이에게 살기를 드러냈기 때문이다.

무화운은 공터에 남아 있는 사람들을 살폈다.

일견하기에도 스무 명에 가깝다.

적운비와 육가인을 제외하면 몸 성히 있는 이들은 전무하다시피 했다.

그럼에도 불구하고 복면인들은 살기를 드러낸다.

'통제가 끝난 건가? 이곳에 있는 모두를 죽이고도 걸리지 않을 만큼……'

무화운은 적운비를 쳐다보며 불안한 표정을 지었다.

이곳에서 가장 강한 적운비의 표정에 그늘이 가득했기 때문이다.

'제갈치광이 생사패에 의뢰한 것은 알았지만, 이처럼 대규모로 움직이는 놈들일 줄이야!'

모두 홍문원이 생사패의 근거지임을 몰랐기에 벌어진 일이었다.

무화운은 살수들의 관심이 적운비에게 쏠린 틈을 노려 뒷걸음질 쳤다. 하나 몇 걸음 걷기도 전에 코끝을 감도는 퀴퀴한 냄새에 걸음을 멈춰야 했다.

'독?'

어찌 된 일인지 후원 전체에 독이 퍼져 있었다.

게다가 어둠 속에서는 헤아릴 수 없을 만큼 수많은 뱀이 혀를 날름거리며 돌아다니고 있었다.

'이건 또 언제?'

모두 염라가 꾸민 계획이다.

명부사자 중 변성은 독공을 익힌 고수였다.

뱀을 사용하는 그의 절초가 바로 초고수를 상대하기 위한 천사독무대진(千蛇毒霧大陣)이었다.

변성이 무대를 마련했고, 뒤이어 거대한 거치도를 든 태산이 모습을 드러냈다.

짜랑짜랑—

톱처럼 생긴 거치도에는 아홉 개의 고리를 매달았다.

그렇기에 태산이 움직일 때마다 묘하게 신경을 거슬리게 만드는 기음이 흘러 나왔다.

"저놈인가?"

태산의 말에 오관이 검을 뽑으며 고개를 끄덕였다.

"저 둘이 무당의 적운비와 진예화입니다. 다른 놈은 서기병문의 육가인과……."

오관이 말을 이어갈수록 사람들은 표정을 굳혔다.

정체를 알면서도 죽이려 하는 모습에 오늘 일이 쉽게 넘어갈 수 없음을 눈치챈 것이다.

적운비는 진예화를 자신의 뒤로 숨기며 전음을 보냈다.

[내상을 입었어. 그리고 저들은 온전한 상태라고 해도 승패를 장담할 수 없어.]

[함께 싸울게!]

진예화가 다부진 표정을 지었지만, 적운비는 고개를 내저었다.

[적의 목표는 나야. 우리 둘 다 빠져나가기란 힘들어. 기회를 봐서 내가 길을 열게. 그때를 놓치지 말고 무조건 남문으로 뛰어. 무정 사고와 혁이가 기다리고 있을 거야. 알았지?]

진예화가 거부를 하려는 순간 적운비가 남몰래 종이 뭉치를 내밀었다.

[양의심법과 무당면장에 대한 비급이야. 벽천 사백과 벽공 사조께서 보신다면 분명 해석본을 만드실 수 있을 거야. 네가 이것을 전해야 해. 어서 받아.]

진예화는 아랫입술을 파르르 떨고 종이 뭉치를 내려다봤다.

전설로만 들었던 무당면장과 양의심법이다.

그것이 눈앞에 나타난 것이다.

그녀는 놀라기에 앞서 탄식해야 했다.

누구는 무공을 익히고, 인맥을 넓히는 동안 적운비는 무당의 비급을 복원해낸 것이다.

애초에 그릇이 다르다는 생각이 먼저 뇌리를 가득 채웠다. 한때 적운비에게 경쟁심을 가지고, 질투했던 자신에 대한 자괴감이 파도처럼 밀려들었다.

'그러니 살아야 하는 건……'

진예화는 다시 한 번 검을 쥐고, 종이 뭉치를 밀어냈다.

[함께 가자.]

적운비는 급변한 진예화의 눈빛에 미간을 찡그렸다.

[무슨 소리야?]

[같이 가. 둘 다 못 가는 게 아니라 한 사람만 갈 수 있다면 네가 가. 어떻게 해서든 내가 길을 열게. 설사……]

죽는다 할지라도.

적운비는 말끝을 흐린 진예화의 속내를 받아들였다.

어린 시절부터 특유의 자존심과 고집으로 인해 많은 좌절을 겪었던 그녀가 아니었던가.

제아무리 적운비가 길을 가르쳐 주려고 해도 기회를 엿보고, 조심해서 다가서야 했던 그녀였다.

"너도 참……."

"뭐? 혹시 너를 좋아해서라고 생각하면 큰 오산이야. 나도 이제 무당의 제자로서 경중을 판단할 수 있게 됐을 뿐이야."

적운비는 헛웃음을 지었다.

진예화의 마음을 모를 리 만무했다.

하나 마음먹은 대로 상황이 돌아가기란 불가능했다.

생사패의 살수들은 부상을 각오한다면 승산이 있다.

하지만 공터 외부에 형성된 검은 안개가 문제였다.

수많은 독물을 풀어놓았고, 독물들이 내뿜는 독기가 안개를 이룰 정도였다.

설령 눈앞의 적을 물리친다고 해도 독무를 통과하기란 요원했다.

둘이서라면…….

'최악의 상황이 되면 예화를 담장 너머로 던져야겠어.'

비급이야 그 순간 쑤셔 넣으면 해결될 것이다.

적운비는 진예화에게 등을 맡기고, 자세를 취했다.

한데 명부사자 서열 사 위인 태산은 구환거치도를 늘어트린 채 못마땅한 표정을 지을 뿐이었다.

'삼대 제자가 상대라니…… 자존심 상하는군.'

그러나 평등에게서 내려온 명령을 거부하기란 불가능했다.

차라라라랑!

요란한 고리 소리와 함께 태산이 움직였다.

동시에 오관은 육가인을 향해 쇄도했다.

적운비를 제외하면 가장 고수인 육가인을 제압할 생각이었다. 그리고 초강은 진예화를, 송제는 쓰러져 있는 무화운을 노렸다.

이 모든 사람의 뒤에는 변성이 존재했다.

그는 여전히 어둠 속에서 뱀을 만지작거리며 상황을 살폈다. 틈을 보이는 상대에게 독사를 날려 명줄을 끊겠다는 다짐을 하며 말이다.

'천사독무대진이 펼쳐진 이상 모두 죽은 목숨이야!'

*　　　*　　　*

터터터텅!

적운비는 신음을 억지로 삼켰다.

하지만 태산의 거력을 이겨내지 못하고 세 걸음이나 물러나야 했다.

'강하다!'

힘만 따진다면 지금까지 상대했던 자들 중 최강이다.

하지만 적운비를 더욱 불안하게 만드는 것은 따로 있었다. 아직도 독무를 펼친 자는 모습을 드러내지 않았다.

그리고 그가 가장 까다로운 상대일 것은 자명했다.

독과 암기는 다수를 상대할 때 가장 큰 효력을 보이기 때문이다.

적운비는 태산의 거력을 상대해야 했고, 숨은 살수를 경계해야 했고, 진예화를 살펴야 했다.

'할 수 있어!'

양의심법이란 대자연이 만들어낸 기의 흐름을 이용하지 않던가. 그로 인해 조금의 내공만 사용해도 큰 효과를 볼 수가 있었다.

적운비는 내상의 정도를 살피고는 호흡을 조절했다.

제갈치광을 살리기 위해 억지로 양의심법을 끊어내지 않던가. 그로 인한 반탄력은 상상을 초월했다. 하나 양의심법을 운용할수록 내상은 빠르게 회복되는 중이었다.

태산은 일격마다 전력을 다한다.

그렇기에 시간을 끌수록 유리한 것은 적운비였다.

하나 적운비의 궁극적인 목적은 승리가 아닌 탈출이다.

'최대한 빠르게!'

적운비의 양손에 음양의 기운이 강하게 맺혀들었다.

콰콰쾅!

진예화가 아슬아슬하게 버티고 있다면, 육가인은 그야말

로 사면초가의 상황이었다.

오기창은 부서졌고, 탈혼십조는 뽑힌 상태였다.

그러니 오관의 검을 막아내기란 요원했다. 이미 십여 개가 넘는 자상을 입은 채 힘겹게 버텨내는 중이었다.

"헉헉!"

어째서 일이 이렇게 된 것일까?

단순히 여관도 한 명을 처리하는 자리가 아니었던가.

하지만 눈앞에 펼쳐진 지옥도에는 말문이 막힌 지 오래였다. 송제가 빙공을 펼칠 때마다 기절해 있던 권암당의 무인들은 파랗게 질리며 숨이 끊겼다. 평소에는 잘도 머리를 굴리던 무화운은 목석처럼 멀뚱히 선 채로 돌아가는 꼴을 구경하고 있을 뿐이다.

"크흑! 왜! 왜 안 오는 거야?"

육가인은 상관조와 이평을 기다렸다.

자신의 신호가 없으면 서기병문의 병력을 부르라고 신신당부를 하지 않았던가.

이미 약속한 시간은 한참이 지난 후였다.

그 순간 오관의 검이 육가인의 옆구리를 꿰뚫었다.

"크흑!"

오관은 검에 묻은 피를 털어내며 혀를 찼다.

"쯧! 근래에 백여 명 넘게 여인이 행방불명됐다. 흡정공을 익힌 네놈의 짓이렷다?"

육가인은 얼굴을 찡그린 채 헐떡거렸다.

지금 이 순간에도 그는 반성하기보다 손톱이 잘린 것에 대한 원한을 가지고 있었다.

'적운비만 아니었다면 네놈은 벌써 내 손에 죽었다!'

그 순간 어둠 속에서 뱀이 튀어나왔다.

이변의 시작이었다.

*　　　*　　　*

태산은 뒤뚱거리며 물러났다.

그리고 몇 번이나 호흡을 조절한 후에야 붉게 물든 얼굴을 제자리로 돌릴 수 있었다.

"크흑! 계집애 같은 놈인 줄 알았는데……."

반면 적운비는 여전히 여유롭게 방실방실 웃는다.

태산은 구환거치도를 내려다보고 미간을 찡그렸다.

적운비의 공세로 아홉 개의 고리 중 다섯 개가 날아갔다. 그 말은 녀석이 더 이상 음유한 공세만 펼치지 않는다는 증거였다.

하나 태산은 입꼬리를 더욱 올렸다.

상대를 얕본 대가는 충분히 치렀다.

그러니 이제는 진신절기인 거해만밀도법(鋸解滿密刀法)으로 상대해 줄 생각이었다.

잘게 다진 고기처럼 썰어놓으면 기분이 풀릴 것이다.

한데 그 순간 태산은 눈앞의 적운비를 두고 고개를 돌려야 했다.

[적, 적이다!]

그 한 마디를 끝으로 외곽을 지키고 있던 변성에게서 소식이 끊어졌다.

무인 몇 명이 다가왔다고 곤란에 처할 변성이 아니다.

하지만 상황은 태산이 생각했던 것과는 정반대로 돌아갔다. 갑자기 독무가 옅어졌고, 천여 마리의 뱀은 사방팔방으로 흩어지는 것이 아닌가. 변성의 죽음이 아니라면 결코 일어날 수 없는 일이었다.

오관을 비롯한 초강과 송제도 잠시 공세를 멈추고 물러섰다.

그러고는 기이한 점을 눈치챘다.

홍문원에서도 외딴곳이기는 하지만, 주위가 너무 조용했다.

"진짜 적이다."

태산의 한 마디가 신호라도 되는 것처럼 사방팔방에서 수백여 명의 기척이 느껴졌다.

콰쾅!

후원의 출입구가 터져 나갔다.

육가인은 서기병문의 무인들이 도착했는 줄 여기고, 화색을 띠었다.

하나 먼지가 가라앉은 후에는 눈을 부릅떠야 했다.

"처, 천룡맹?"

적의를 입은 무인은 공터를 둘러본 후 나직이 한 마디를 흘렸다.

"전원 체포하라."

그 순간 수많은 무인들이 담장 위로 모습을 드러냈다.

모두 천룡맹 내원의 무인들로 태상의 명령이 있어야만 움직이는 부대였다.

태산은 천룡맹의 무인들을 보며 믿을 수 없다는 듯 고개를 내저었다.

'어째서 저들이 천사독무대진의 해독약을 먹은 거지?'

第八章

탈출(脫出)

천룡맹의 무인들이 등장했을 때 화색을 띤 사람은 진예화
뿐이다.

자신과 적운비는 피해자가 아닌가?

하지만 그녀를 제외한 모든 이들은 예상했다.

오늘 벌어진 일에는 수많은 이권과 감정이 거미줄처럼 얽
혀 있음을 말이다.

여인을 탐하고, 마음에 들지 않는 자를 쳐내고, 세력을 부
흥시키고, 천하를 도모하는 계획까지 섞여 있는 수라장이었
다.

그것을 알 리 없는 진예화는 방긋 웃으며 나서려 했다. 적

운비가 몰래 만류하지 않았다면 알아서 포박까지 당했을 것이다.

하지만 적운비는 그 어느 때보다 심각했다.

'태상이 벌써 움직였을 리가 없는데……?'

현재 제갈치광은 생사패의 수중에 있을 것이다.

생사패가 자신을 고발하지 않을 것은 이미 예상했던 바였다. 제갈치광이 죽는다면 모를까 살아만 있다면 이용가치는 충분했다. 게다가 오늘 일을 통해 생사패는 자신과 제갈치광의 약점을 잡지 않았던가.

그 순간 천룡맹의 무인 중 가장 화려한 복장을 한 이가 외쳤다.

"살수 집단 생사패! 사도의 무공을 익힌 육가인! 불법 약물을 유통시킨 무화운! 그리고 제갈세가의 소가주를 암살하려 한 적운비와 진예화!"

육가인과 무화운의 얼굴이 파랗게 질렸다.

그리고 생사패의 살수들은 당황스러운 표정으로 서로를 살필 뿐이다.

이미 모든 것을 알고 들이닥친 무인들에게 변명은 통하지 않을 것이 자명했다.

진예화는 눈을 휘둥그레 뜬 채 적운비를 쳐다봤다.

"암살?"

적운비는 아랫입술을 강하게 물어뜯었다.

핏물이 배어 나오는 것도 느끼지 못할 만큼 심적인 충격이 컸다.

'생사패에 배신자가 있어!'

적운비는 황급히 오관을 향해 물었다.

"이봐, 아저씨. 아까 셋 말고 또 누가 있었지?"

오관은 당황하던 중 자신도 모르게 입을 열었다.

"정보를 담당하던 염라…… 설마! 그가?"

오관의 경악에 동조할 여유는 없다.

정보를 담당하던 자의 배신이라면 상황은 최악이나 다름 없지 않은가. 게다가 이곳에 모인 면면을 보면 태상에게 거슬리는 존재들뿐이었다.

'빌어먹을! 내가 나서서 태상의 그림자 청소를 도운 꼴이 잖아!'

한 방 맞았다는 짜증과 함께 분노가 끝도 없이 치밀어 올랐다.

*   *   *

천검단주가 다가와 고개를 숙였다.

태상은 느긋한 표정으로 손을 내젓는다.

"진무단의 일대부터 칠대까지 총원 이백팔십여 명이 출동했습니다. 그리고 홍문원 주변은 청룡당과 백호당이 포위한 상태입니다. 현재 반도들을 포위한 채 명령을 기다리고 있습니다."

"다른 놈은 다 죽여도 좋아. 적운비라는 아이는 반드시 살리게."

"존명!"

천검단주가 떠나고 태상은 태사의에 몸을 누였다.

군웅회로 인해 쉴 새 없이 바빠야 할 사람치고는 너무도 여유로운 모습이다.

"클클, 사냥을 하려고 했는데 이처럼 줄줄이 엮여 나올 줄이야."

어둠 속에서 노인의 목소리가 들려왔다.

"모두 맹주님의 은덕입니다."

태상은 노인을 향해 손가락을 까딱거렸다.

무릎걸음으로 나타난 이는 다름 아닌 생사패의 명부 사자인 염라가 아닌가.

그는 주인을 배알하는 것처럼 고개를 조아렸다.

"자네의 공이 크네."

"소가주님의 옥체를 상하게 했으니 죽을죄를 지은 죄인일 뿐입니다."

실제로 제갈치광의 상태는 그리 좋지 않았다.

꽤 긴 시간을 요양해야 할 정도로 내상이 깊었다.

하지만 태상의 입가에는 미소가 그득했다.

"왜 때렸고, 얼마나 다쳤는지는 중요하지 않아. 누가 그랬고, 그로 인해 뭘 얻을 수 있는지가 중요하지. 자네라면 충분히 그것을 알 텐데?"

염라는 더욱 고개를 조아렸다.

"촌부가 어찌 맹주님의 심계를 이해하겠습니까."

태상은 수염을 쓰다듬으며 부드럽게 말했다.

"지나친 겸손과 아부는 서로에게 좋지 않아."

염라는 슬그머니 몸을 일으켰다. 하지만 공손히 모은 양손은 풀지 않았다.

"명심하겠습니다. 또한 제 두 번째 선물도 곧 도착할 것입니다."

태상은 고개를 끄덕였다.

"자네에게 맡긴 일이니 그 일은 알아서 하게. 밀법의 무공만 가져온다면 아무 문제도 없을 걸세."

"어린 계집입니다. 곧 좋은 소식을 전해드리겠습니다."

염라는 호언장담을 했다.

하나 태상의 표정은 조금의 변화도 없었다.

남의 말만 믿기에 그는 실망한 기억이 너무 많았다.

그렇기에 제갈세가의 빈객 중에서도 가장 강한 자들을 보내놓은 상태였다. 염라가 뭘 하든 생사패의 수장은 자신 앞에 끌려올 것이다.

"맹주, 여쭐 것이 있습니다."

염라가 슬그머니 말문을 열었다.

"사람이 너무 많다 보면 어수선한 상황에서 적운비라는 놈이 도망칠 수도 있지 않겠습니까? 놈의 무위가 범상치 않던데요."

태상은 입꼬리를 올렸다.

"이번 일은 은밀하게 처리해야 하네. 그렇기에 전장이 홍문원으로 결정된 것은 하늘의 홍복이지. 취객 몇몇의 말을 믿을 사람은 없을 테니까. 행여 놈이 홍문원을 벗어난다고 해도 걱정 없네. 놈은 결코 맹의 사대문을 지나갈 수 없을 것이야."

염라는 태상의 말에 순간 몸을 움츠렸다.

아무리 생각해도 생사패를 배신하고 태상 쪽에 붙기를 잘한 듯했다.

'지장만 잡으면 돼! 반드시!'

*　　　*　　　*

진무단주는 정확히 한 번만 투항을 종용했다.

하나 그 누구도 무기를 버리지 않았다.

심지어 육가인과 무화운조차 말이다.

육가인의 경우는 사공을 걸렸으니 잘되어 봐야 단전을 폐하여 병신이 되는 것이다. 무화운은 태상의 의도를 읽었기에 살아날 길이 없음을 이미 인식한 후였다.

가장 안전해야 할 두 사람의 상태가 저러하니 나머지 인물들의 투항은 있을 수가 없었다.

'침착하자. 나 혼자 있는 게 아니야.'

적운비는 주변을 살폈다.

천룡맹의 등장은 변수였고, 굳이 따지자면 호기였다.

탈출하는 데 있어서 가장 큰 장애물이었던 천사독무대진이 깨졌기 때문이다.

하지만 적의 숫자는 눈에 보이는 것만 해도 열 배가 늘어난 상태였다. 게다가 태상의 일 처리를 보았을 때 보이지 않는 적은 더 많을 것이 분명했다.

'관건은 누가 나왔느냐인가?'

그 순간 생사패가 먼저 움직였다.

염라와 달리 정보를 습득하지 못한 자들이다.

그렇기에 이번 일로 가장 위기에 처했다고 여긴 것은 당연했다. 게다가 제아무리 포달랍궁의 후예라지만, 세간에는 살수 집단으로 알려지지 않았던가. 이미 태상으로부터 존폐 위기를 느꼈기에 제갈치광의 일을 진행했던 것이다.

그러니 시간을 끌면 불리하다 여겼다.

태산을 중심으로 오관, 송제, 초강이 뭉쳤다.

"돌파한다!"

진무단주는 이미 태상의 명령을 받은 터였다.

그렇기에 일말의 망설임도 없이 외쳤다.

"죽여라!"

강호인들이 살수를 대하는 감정은 단 하나였다.

등 뒤를 노리는 살수에 대한 멸시와 분노.

무인들은 물 흐르듯 자연스러운 연계로 검진을 펼치며 살
수들을 압박했다.

반면 육가인은 아예 반쯤 넋을 잃은 상태였다.

탈혼십조의 후유증으로 인해 눈동자와 손이 붉게 물들지
않았던가. 따로 증거를 찾지 않아도 될 만큼 잘잘못이 명백
했다.

'어, 어떻게 하지?'

그 순간 무화운이 다가와 속삭였다.

"길을 트자. 어차피 우리는 둘 다 살지 못해. 태상은 우리
가 아니라 우리의 가문을 노리는 거다. 천룡맹의 모든 문파
를 수족처럼 부리려는 속셈이야!"

육가인의 눈동자에 생기가 돌아왔다.

무화운의 목적은 육가인에게 책임을 전가할 수 있는 대상을 정해 주는 것이었다. 사공을 익힌 육가인의 책임이 아니라 권력을 탐하는 태상이 잘못된 것이라고 말이다.

'이걸 화살 받이로 내주고, 나는 삼문협으로 돌아간다. 어떻게 해서든 삼문협까지만 가면 재기할 수 있어!'

그 순간 공터 전체에 굉음이 울렸다.

마치 군부에서나 쓰는 진천뢰가 사용된 것처럼 모든 이의 시선을 강제로 잡아끄는 굉음이었다.

"가자."

적운비는 고랑처럼 파여 버린 전방으로 몸을 날렸다.

진예화는 엉겁결에 끌려가며 거칠게 숨을 몰아쉬었다.

'절정에 달하는 무인들이 한순간에……'

방금 전에 목격한 일이거늘 마치 꿈처럼 여겨졌다.

그도 그럴 것이 적운비를 포위한 쪽은 진무단에서도 가장 강한 일대와 이대가 아닌가. 게다가 태상의 밀명을 받고 반드시 생포하기 위해서 단주가 직접 나섰다.

한데 그들 중 두 다리로 멀쩡히 서 있는 사람은 삼 할이 고작이었다.

진무단주는 눈을 부릅뜬 채 말을 잇지 못했다.

적운비는 허공에 양손을 휘저었다.

무슨 짓을 하려는 건가 의아했다.

그러나 적운비가 한 일이라고는 양손을 겹친 채 전방을 향해 출수한 것이 전부였다.

그 한 수로 인해 절정에 근접한 무인 스무 명이 손도 쓰지 못한 채 짚단처럼 튕겨 나갔다. 장법의 여파는 주변의 십여 명까지 쓰러트렸다.

'나라면……'

진무단주는 장담할 수 없었다.

그가 할 수 있는 일이라고는 있는 힘껏 수하들을 향해 소리치는 것이 전부였다.

"잡아라! 절대 놓치면 안 돼!"

공터를 포위하고 있던 수하들이 황급히 몰려들었다.

포위망에 구멍이 뚫렸지만, 적운비만은 놓칠 수 없다는 의지가 엿보였다.

잠시 고요하던 공터에 다시금 피바람이 불었다.

적운비는 자신을 향해 쇄도하는 무인들을 한눈에 담았다.

적의 숫자를 셌다. 그리고 자신과 가장 가까운 적부터 선별을 했다. 그 후 적의 병장기를 살폈고, 팔다리의 길고 짧음을 평가했다.

이 모든 것이 한순간에 이뤄진 까닭은 당연 양의심법의 힘이었다.

"차아앗!"

무인의 패도가 사선으로 그어졌을 때 적운비는 이미 상대의 공간으로 발을 들였다. 미리 짠 것처럼 절묘한 순간에 벌어진 일이었다 하나 가장 놀란 것은 패도를 휘두른 무인이 아니겠는가.

그는 지척에 이른 적운비를 보고 경악을 금치 못했다.

그러나 천룡맹의 정식 무사답게 임기응변을 펼쳤다. 패도를 내던지고 적운비의 멱살을 움켜쥐려고 한 것이다.

팟—

무인의 귓가에나 들릴 법한 미세한 충돌이 먼저였다.

적운비는 무인의 오른쪽 옆구리를 가볍게 밀쳤다. 그리고 무인은 핑그르르 돌며 적운비를 지나쳐 튕겨 나가야 했다.

제삼자가 보기에 적운비는 걸었을 뿐이다. 한데 무인이 부딪치지 않으려 몸을 비튼 것처럼 보였다.

"멍청한 놈!"

동료의 욕설에 대꾸를 할 여유도 없었다.

쓰러진 무인은 눈을 끔뻑이며 하체를 내려다봤다.

마치 삼일 밤낮으로 근무를 선 사람처럼 온몸이 무기력했기 때문이다.

난생처음 겪는 상황에 동료들에게 경고할 엄두도 내지 못했다.

그렇게 십여 명 넘게 짚단처럼 허물어지는 것을 본 후에야 한 마디를 흘릴 뿐이었다.

"피, 피해! 부딪치지 마!"

*　　*　　*

한빙공과 열양공은 강호에서 보기 드문 기공이다.

익히기도 어려웠기에 익힌 사람도 드물었다.

하나 무공의 특수성으로 이득을 보기에는 적의 숫자가 너무 많았다. 게다가 기공의 장단점은 바로 파괴력을 극대화한 대신 내력의 소모가 많다는 점이다.

그 덕에 초강과 송제는 가장 많은 적을 쓰러트렸지만, 피곤한 기색을 숨기지 못했다.

살수들 중 서열이 가장 높은 태산은 주변을 둘러봤다.

'크흑, 진광과 변성이 죽은 건가?'

초강과 송제의 표정은 좋지 않았고, 오관 정도가 겨우 한 사람을 몫을 하는 중이다.

'진광의 말에 따르자면 도시가 올 것이라 했다. 그만 온다면 어느 정도 활로가 열릴 것이야.'

하나 생각보다 시간이 너무 지체됐다.

명부사자 서열 삼 위인 도시는 이미 오래전에 도착했어야 했다. 염라의 배신과 갑작스러운 천룡맹의 난입으로 인해 태산의 마음은 답답하기만 했다.

차라리 적운비에게 심력을 소모하지 않았다면 하는 아쉬움만 더할 뿐이었다.

"지원은 없다. 오도전륜만 만나면 살 수 있어."

"후우, 어찌하시렵니까?"

태산은 구환거치도를 고쳐 잡으며 나직이 읊조렸다.

"다행히 놈들은 홍문원 전체를 포위했기 때문에 후원 쪽은 적이 많지 않아. 그쪽으로 돌파한다."

"따르겠습니다."

태산은 반대편에서 활로를 뚫고 있는 적운비를 턱짓으로 가리켰다.

"저 녀석에게 더 몰리면 전력으로 한순간에 돌파한다."

오관을 비롯해 송제와 초강은 호흡을 조절하며 기회를 노렸다.

그리고 잠시 후 그들이 기다리던 순간이 찾아왔다.

콰쾅!

문과 함께 담벼락이 허물어졌다.

적운비가 후원으로 통하는 월동문을 돌파한 것이다.

"가자!"

한데 생사패의 살수들이 공터를 벗어날 때 은밀하게 뒤따르는 자들이 있었다.

그들은 생사패가 한적한 곳에 이르자 일제히 모습을 드러냈다.

"웬 놈이냐?"

복면을 한 이들은 표식을 지니지 않았다.

천룡맹의 무인이 아니라는 뜻이다.

한데 스무 명에 달하는 복면인들에게서 느껴지는 기도는 범상치 않았다. 게다가 일정한 경지에 이른 무인에게서나 느껴지던 여유가 가득했다.

"이자들만 처리하면 되는 건가?"

"그렇다고 하더군."

지팡이를 짚고 있던 복면인이 혀를 차며 나섰다.

"쯧쯧, 포달랍궁의 잔당을 처리하라니…… 무시당하는 기분이군."

태산은 노인으로 추정되는 복면인에게서 한 걸음 물러섰다. 본능적으로 위기의식을 느낀 것이다.

"어르신께서 굳이 나서지 않으셔도 될 듯합니다. 저희들이 처리하지요."

뒤이어 나선 것은 비슷한 체구를 한 다섯 명의 무인들이었다. 한데 사지가 길고 걸음걸이가 경쾌한 것을 보아 경공의 고수들로 보였다.

'상극이다.'

그들은 태산을 향해 검을 겨눴다.

어찌 된 일인지 생사패의 구성에 관하여 잘 알고 있는 듯 보였다. 이쯤 되면 명부사자 염라의 배신은 확정이라고 해도 무방했다. 게다가 자신들의 정보를 상세하게 전했다면 배신의 시기는 오늘이 아닌 훨씬 이전의 일이 분명하지 않겠는가.

'오도전륜을 만나도 살 길을 장담하기 어렵구나.'

노인이 지팡이로 태산을 가리켰다.

"쓸모없는 자들이다. 죽여라."

"예, 어르신!"

태산은 불안했다.

하나 수하들을 내보내기도 전에 복면인들이 들이닥쳤다. 예상대로 경공의 고수들이다. 날벌레처럼 근처를 맴돌다가 비수를 찔러 넣는 공격에 절로 짜증이 솟구쳤다.

"비켜라! 비켜!"

하나 복면인들은 태산의 장단점을 파악한 것처럼 틈을 주지 않았다.

곤경에 처한 것은 모두 매한가지였다.

생사패의 정보력은 염라에게서 나온다.

한데 그런 염라가 배신했으니 복면인들을 상대로 우위를 점하기란 불가능에 가까웠다.

환검을 쓰는 오관의 상대는 불문의 고수였다.

부동심을 통해 우직하게 공세를 펼치니 오관으로서는 감히 맞받아칠 엄두조차 내지 못했다. 송제와 초강 역시 몇 수를 겨눠보기도 전에 궁지에 몰린 상태였다.

"크악!"

가장 먼저 서열 팔 위인 송제의 머리통이 부서졌다.

패도를 쓰는 삼인조에게 당한 것이다. 한빙공의 특성상 열양공보다 내력의 소모가 심하다. 초강은 송제의 죽음을 안타까워하기보다 자신에게도 남은 시간이 많지 않음을 한탄했다.

"크흑!"

포달랍궁의 후예, 밀법의 뿌리.

생사패의 근본이다.

하지만 이들 중 정작 포달랍궁을 구경한 사람은 많지 않았다. 오도전륜과 평등, 도시를 제외하면 중원에서 태어난 후예들일 뿐이었다.

태산은 활로를 찾기 위해 미친 듯이 두리번거렸다.

그것이 패착이었을까?

집중력이 분산된 태산은 사방에서 몰아친 비수에 꽂힌 채 허물어져야 했다.

홀로 남은 오관은 헛웃음을 흘렸다.

복장으로 보아선 천룡맹이 아니라 태상의 사병일 터였다.

한데 그들 면면은 알 수 없지만, 무위는 상상을 초월했다.

'염라가 배신한 이상 생사패는 끝이야. 한데 태상이라는 자가 더욱 무섭구나. 아무것도 모른 채 풍비박산 날 생사패를 생각하면 안타깝다!'

불문의 고수는 오관의 표정으로 속내를 눈치챘나 보다.

그는 반장을 하며 나직이 한 마디를 흘렸다.

"대업의 초석이 되는 거라 여기시구려."

그는 관음보살이 제천대성을 구속할 때처럼 손바닥으로 오관의 머리통을 노렸다.

하나 그는 공세를 끝마치기도 전에 양손을 모아 허공을 두들겨야 했다.

터터터터텅!

정명한 기운으로 튕겨낸 것의 정체는 검붉은 색의 못이 아닌가.

"웬 놈이냐?"

대답 대신 흰 천이 날아와 복면인을 휘감으려 했다.

"흥!"

일 처리를 지켜보던 노인이 나섰다. 그는 지팡이로 허공을 가볍게 짚었고, 그 순간 귀신처럼 흐느적거리는 흰 천이 찢겨 나갔다.

"벌레가 한 마리 더 있구나!"

노인의 일갈에 오관의 외침이 섞여들었다.

"진광과 변성도 죽었습니다! 오지 마세요! 염라가 배신했습니다. 저들은 우리의 무공을 낱낱이…… 크헉!"

오관의 뒤통수에는 동전만 한 구멍이 뚫려 있었다.

노인이 경풍을 쏘아낸 것이다.

그는 오관의 입을 막지 못한 것에 후회했고, 다가왔던 기척이 멀어지는 것에 분노했다.

"그 계집이 있는 쪽이로군. 모두 그쪽으로 간다. 지장이라는 계집! 절대 놓치면 안 돼!"

＊　　＊　　＊

암기를 던진 사람은 평등이었다.

그녀는 도시의 방문 이후 홍문원 전체를 살폈다.

하나 수많은 무인들이 홍문원을 포위한 뒤였다. 그때까지만 해도 생사패의 근거지가 밝혀졌다는 위기의식을 지녔을 뿐이었다.

하나 생사패의 서류와 인원을 탈출시키고 움직였을 때의 상황은 생각보다 심각했다.

태산과 초강, 송제의 죽음을 목격한 것이다.

그뿐인가? 오관의 유언을 통해 진광과 변성의 죽음을 알

앉고, 적들의 무위는 상상을 초월했다.

하나 염라의 배신보다 그녀를 두렵게 만든 것은 따로 있었다.

그녀는 도시의 방문 이후 염라를 찾았다. 하지만 그의 흔적은 어디에서도 찾을 수가 없었다. 홍문원을 포위한 무인들을 보고 염라의 배신을 염두에 두었다.

그러나 상황은 그보다 더욱 심각했다.

반드시 보였어야 할 도시가 어디에도 보이지 않았다.

그렇다면 그가 있을 곳은 단 하나였다. 그리고 염라가 배신의 대가로 얻으려는 것 또한 하나일 터였다.

'지장이 위험해!'

그녀가 지장의 처소에 도착했을 때 맞이하는 목소리가 있었다. 다행히 도시의 것이 아니라 안도감을 주는 존재였다.

"오도전륜!"

평등은 반갑게 다가서다가 표정을 굳혔다.

바위에 앉은 채 숨을 몰아쉬고 있는 오도전륜의 옆구리에서 손가락만 한 구멍 세 개를 발견한 것이다.

도시의 독문무공인 풍도밀영검의 흔적이 분명했다.

아니나 다를까 오도전륜이 쓴웃음을 지으며 입을 열었다.

"도시가 많이 컸어. 원래부터 까다로운 풍도밀영검인데, 대성을 했으니 나도 온전히 막기 힘들더군."

"아가씨는?"

오도전륜은 힘겹게 왼팔을 들어 등 뒤를 가리켰다.

작은 초옥 앞에는 도시로 짐작되는 시신이 빨랫감처럼 뒤틀어진 채 널브러져 있었다.

"수혈을 짚어놓았네."

평등은 그제야 오도전륜의 상세를 물었다.

"괜찮으십니까?"

오도전륜은 대답 대신 한 움큼의 핏물을 토해냈다.

"좋지 않아. 이러니저러니 해도 우리 셋은 포달랍궁의 진전을 직접 익혔으니까. 노부가 아무리 강하다고 해도 도시를 상처 하나 없이 잡기란 요원한 일일세."

평등은 굳은 표정으로 상황을 설명했다.

오도전륜은 눈을 지그시 감은 채 침음을 흘렸다.

"역시 태상의 축적된 힘은 상상을 초월하는군. 하지만 그보다 무서운 것은 심계로군."

"네?"

"도시는 시간을 끄는 용도였어. 태상이 염라의 정보를 모두 넘겨받았다면 도시는 다루기 힘든 존재와 같아. 그러니 나와 동귀어진하기를 원했을 거야."

평등은 쓴웃음을 지었다.

"도시만 모르는 일이었겠군요."

"후우, 일단은 이곳을 빠져나가야겠군."

오도전륜은 묵빛의 검에 의지한 채 천천히 몸을 일으켰다.

"밀법의 꿈은 내가 잠시 짊어지겠네. 그러니 자네는 지장, 아니 설현과 함께 떠나게."

평등은 못마땅한 기색을 드러냈다.

지장을 키운 것이 오도전륜이라지만, 아명을 거론하는 것은 불경하다 여긴 것이다.

"오도전륜. 지장은 아이가 아닙니다."

그 순간 오도전륜이 적을 의식하지 않고 평등의 진명을 외쳤다.

"서화련!! 미몽에서 헤어나라! 포달랍궁은 우리 힘으로 되살리기에는 너무 늦었어. 천하 정세는 우리 몇 명으로 어찌할 수 없을 만큼 크고 복잡하게 돌아간단 말이다."

평등은 입술을 깨물었다.

"너와 나라면 괜찮다. 우리는 포달랍궁의 마지막을 목격했으니까! 하지만 저 아이에게 너와 궁의 미래를 억지로 짊어지게 만들지는 마라! 서장에 발을 디딘 적도 없는 저 아이에게 꿈을 강요하지 말아다오."

"오도전륜!"

오도전륜은 고개를 내저었다.

"홍문원이 조용하구나. 아이들을 모두 내보냈느냐?"

"그렇습니다."

"살수로 기르던 아이들이다. 본래대로라면 그들을 미끼로 우리가 빠져나가야 할 것이야. 한데 너는 그러지 않았다. 그 이유는 너도 이제 알고 있지 않더냐?"

평등은 처음으로 시선을 피했다.

"우리는 이제 포달랍궁보다 이곳에 더 정을 쏟고 있었다. 제갈치광을 노린 것도 결국에는 이곳을 지키기 위해서였지. 너는 이미 미몽에서 깨어나지 않았더냐?"

오도전륜은 엷은 미소를 지으며 고개 숙인 평등의 곁을 지나갔다.

"신녀의 예언처럼 미륵이라도 만난다면 모를까, 그렇지 않다면 편히 살다 가거라."

그 말을 끝으로 오도전륜은 어둠 속으로 걸음을 옮겼다.

第九章

천룡학관에서 얻은 것

　기공탄노(氣功彈老)는 한때 지법의 고수로 섬서성을 주름
잡던 고수였다. 가히 섬서제일인으로 불릴 정도로 위명이 대
단했다.

　그러니 그의 오만함은 타의 추종을 불허할 정도였다.

　한데 그런 강자가 영역을 돌아다니게 둘 만큼 패천성은 너
그러운 집단이 아니었다. 또한 기공탄노는 오란다고 올 만큼
녹록한 자가 아니었다. 결국 수많은 싸움이 있었고, 기공탄
노는 고향을 떠나 천하를 떠돌아야 했다.

　독보강호는 꿈으로 치부한 채 말이다.

　그런 기공탄노를 거둔 사람이 바로 태상이었다.

그리고 그는 상천(相天)이라 불리는 태상의 비밀 조직에서 다섯 손가락 안에 꼽히는 자리에 올랐다.

호의호식과 여유로운 생활에 찌들어가던 중 태상의 밀명을 받았다.

태상이 부여한 임무는 생사패의 섬멸이었다.

내심 자존심이 상하는 것은 숨기지 못했다.

거대문파를 적수로 여겼던 기공탄노가 아니던가.

한데 짜증으로 물들었던 그의 표정은 어느새 경악으로 물들어 있었다.

"다음."

나직하게 울리는 한 마디.

묵빛 검을 쥔 채 흘러나오는 노인의 목소리는 그야말로 사형 선고와 다르지 않았다.

태산을 죽였던 청비칠협이 일수에 죽어 나자빠졌고, 내심 부릴 만하다고 여겼던 쌍선자, 파사검귀, 옥문일귀도 몇 합을 넘기지 못하고 숨이 끊겼다.

'강기를 저토록 능수능란하게 다루다니!'

기공탄노를 비롯한 무인들은 서로의 눈치를 봤다.

강기(罡氣)를 쉴 새 없이 쏟아 내는 고수는 존재만으로도 공포를 자아내게 만들었다.

'나와 동수.'

하나 노회한 기공탄노는 자신의 생각에 화들짝 놀라야 했다. 적을 동수로 놓았다는 것은 이길 자신이 없다는 뜻이 아니겠는가. 그러니 이길 자신이 없다는 것은 곧 자신보다 고수라는 반증이었다.

기공탄노는 눈을 가늘게 뜨고 침음을 흘렸다.

적의 옆구리에서 눈에 띌 정도 피가 흘러나오고 있지 않은가. 그냥 내버려 두면 당장이라도 쓰러질 듯한 모양새다. 그러나 굳이 자신이 나서서 위험을 감수해야 할지에 대해서는 결정하지 못했다.

결국 그는 상천에서 내준 수하들에게 신호를 보냈다.

"동시에 처라!"

한데 오도전륜은 검을 들지 않았다.

마지막 남은 진기까지 모두 쏟아낸 후였다.

지금은 검에 맺힌 강기를 유지하는 것만으로도 정신이 혼미하다. 그저 자신의 허장성세가 조금이라도 시간을 끌어 주기를 바랐을 뿐이다.

한데 적이 느낀 공포심은 생각보다 컸나 보다.

불현듯 오도전륜의 뇌리에 하루 전의 일이 떠올랐다.

얼굴을 가리고, 허름한 옷차림으로 나섰던 저잣거리.

지장은 군웅회로 몰려든 사람들을 구경하는 것만으로도 세상을 얻은 사람처럼 기뻐하지 않았던가.

'부디 무사히 빠져나가기를……'

오도전륜이 숨을 들이마시며 검강을 흩뿌리려는 찰나였다.

촤라라라라라라라락—

밤하늘에 두둥실 떠 있는 달이 가리어질 정도의 빛줄기가 쇄도했다.

'백팔세비정?'

평등의 독문병기가 아닌가.

지금쯤 지장과 함께 홍문원을 떠나야 했을 그녀의 등장은 고마움보다 분노를 불러일으켰다. 그녀는 싸우러 오지 말고, 지장을 지켰어야 했다.

"서화련! 끝내 미몽에서 헤어 나오지 못한 게냐?"

하나 오도전륜을 지나치는 서화련의 얼굴에는 굳은 결의가 가득했다.

"가요."

"뭐라?"

서화련은 소매에서 한 움큼의 세비정을 꺼내고 씁쓸한 표정을 지었다.

"꿈에서 깼다고 해서 과거가 사라지지는 않아요."

"화련."

촤라라라라라락!

멸문한 사천당가의 비전, 만천화우가 이러할까.

검붉은 세비정이 무인들을 향해 꽂혀들었다.

포달랍궁의 신병이라 불리는 세비정이 아닌가.

호신강기가 아니라면 완벽하게 막는 것은 불가능했다.

세비정의 소음 속에서 서화련의 나직한 한 마디가 들려왔다.

[설현은 나보다 노인네를 더 좋아하잖아요. 그러니 오라버니가 함께 하세요.]

*　　　*　　　*

훗날 태상은 인정하지 않을 수가 없었다.

자신이 방심했음을 말이다.

자신이 적운비를 과소평가했음을 말이다.

늑대가 아니라 호랑이였고, 새가 아니라 용이었음을 인정해야 했다.

"비키라고 했다!"

적운비의 일갈과 달리 출수는 은밀하게 이뤄졌다.

그리고 면장은 적의 공세를 자연스럽게 파고들어 가 무력화시켰다. 쓸모없는 것은 기를 비틀어 날려버리고, 쓸모 있는 것은 태극으로 흡수하여 발출했다.

그러니 내력의 소모는 없다시피 했고, 오히려 적들의 힘이 빠질 지경이었다.

이미 두 겹의 포위망을 돌파한 적운비는 여전히 평온한 표정으로 전방을 주시했다.

포위망을 구성한 무인들의 무위는 눈에 띄게 약해진 상태였다. 천룡맹에 고수는 많지만, 모두가 고수는 아니기 때문이다.

"어디로 가는 거야?"

반면 진예화는 지친 기색이 역력했다.

적운비가 대부분의 공세를 막아 주었지만, 그녀 역시 수비와 공격을 연이어야 했기 때문이다.

최근에 얻은 깨달음이 아니었다면 이미 지쳐서 널브러졌을 것이 분명했다.

"남문으로 가자."

적운비의 말에 진예화는 숨을 몰아쉬는 와중에도 고개를 내저었다.

"지금 섣불리 합류하면 그들도 위험해. 게다가 여기서는 동문이 가깝잖아."

하나 적운비는 단호했다.

"남문으로 간다. 남문만 가면 우리는 반드시 무당산으로 돌아갈 수 있어."

"그게 무슨……."

"오히려 남문까지 가는 경로가 문제야."

진예화는 고개를 갸웃거렸다.

"적의 포위망은 거의 돌파했잖아. 이제 대부분 일반 무인이야. 조금만 힘을 내면 금방 도착할 수 있어."

"그렇지 않아. 이번 일이 아니더라도 태상은 무당파를 압박할 구실이 필요했어. 구원이 있으니 나를 목표를 했고, 오늘 일이 아니었더라도 사달을 일으켰을 거야."

"설마……."

"태상은 생사패의 배신자를 통해서 그림자를 일소할 기회를 잡았어. 그리고 우리는 그들과 동급으로 매겨져서 무당파를 압박할 반도로 취급받겠지."

진예화는 한숨을 내쉬며 서글픈 표정을 지었다.

"천룡맹주가 그런 짓을 하다니."

적운비는 오히려 웃으며 진예화의 머리를 쓰다듬었다.

"걱정하지 마. 그런 일은 없을 거야."

진예화의 눈이 동그랗게 변했다.

심장이 미칠 듯이 뛴다. 하지만 분명한 것은 아까처럼 지치고, 힘들어서 뛰는 것은 아니라는 점이다.

그녀는 슬그머니 시선을 피했다. 그러나 적운비의 손길을 거부하지는 않았다.

"그럼 빨리 가자."

적운비는 빙긋 웃으며 진예화의 손을 잡아끌었다.

"나만 따라와."

일부러 사람이 많은 곳을 골랐다.

그래서인지 적을 상대하는 것보다 인파를 뚫는 것이 더 힘들 정도였다.

한데 언제까지 사람이 많은 곳으로 다닐 수는 없는 노릇이었다. 이미 해가 지고, 밤이 된 탓에 성문이 닫혔기 때문이다. 남문으로 향할수록 인적은 드물었고, 결국 한 무리의 복면인들을 마주해야 했다.

"적운비."

살의를 잔뜩 가진 목소리의 주인공을 알아채는 것은 손쉬웠다.

"명줄이 기네?"

적운비는 자신을 향해 이를 갈고 있는 조홍진을 보며 히죽 웃었다. 한데 조홍진 외에도 투기를 일으키는 상대가 있었다. 복면을 했지만, 들고 있는 패도를 보니 진천도주가 분명했다.

"절박한 건 그쪽도 마찬가지겠군. 이번 일을 실패하면 태상의 눈 밖으로 날 텐데, 만반의 준비는 하셨나?"

진천도주는 복면을 벗어 던졌다.

이미 정체를 들켰으니 귀찮음을 자처할 필요가 없다 여긴 것이다.

"흥! 쥐새끼처럼 빠져나가는 건 불가능할 것이다. 빈객 중 천급 고수가 열 명이다! 넌 이제 죽었어!"

조홍진이 뒤늦게 외쳤다.

"도주!"

적운비는 키득거리며 진천도주를 가리켰다.

"세간에 알려지길 제갈세가의 천급 빈객은 여섯이라던데…… 열 명이라고? 그러면 도대체 얼마나 더 많은 천급이 있는 거야? 자! 이제 거짓말을 하는 쪽은 어디의 누구일까?"

진천도주는 수염을 파르르 떨며 노기를 드러냈다.

"어린놈의 새끼가!"

조홍진이 한 걸음 물러서며 다급히 외쳤다.

"저놈이 적운비입니다. 더 이상 말을 섞을 필요가 없어요. 저놈은 반드시 잡아야 합니다!"

역할을 끝낸 조홍진은 안전한 곳으로 물러났다.

적운비의 무공 수위는 매 순간 급등했다. 그러니 섣불리 나서서 위험을 자초할 필요는 없지 않겠는가.

하나 복면인들의 움직임에는 거리낌이 없었다.

"어린아이에게 합공을 하려니 이것 참……."

"태상의 엄명이 아닙니까?"

"어차피 해야 하는 일이라면 빨리 끝냅시다."

검을 쥔 이가 말했다.

"장 형과 노 형이 소제와 함께하시지요."

"좋군. 자네들 셋이라면 어느 정도 합격은 되겠지."

그들은 적운비를 눈앞에 두고도 잡은 고기의 요리법을 논하듯 여유로웠다.

세 명이 앞으로 나섰다.

별다른 자세도 취하지 않았거늘 검에는 선명한 검기가 맺혀 있었다.

"이쪽도 다 사정이 있으니 너무 원망 말거라."

그 말을 끝으로 장 형이라 불린 자가 달려들었다.

'상체보다 하체, 경공이다! 그렇다면 허초!'

적운비는 적의 공세가 지척에 이르는 순간 일부러 검격 안으로 발을 들였다. 뒤따르던 두 명의 복면인이 더욱 놀랄 만한 일이었다. 적운비의 예상처럼 첫 공세는 가슴을 찌르는 대신 귀 옆을 스쳐 간다. 아마 뒤따르던 두 명이 전방을 노릴 때 배후를 점해서 공세를 이어갈 속셈이었으리라.

하나 적운비는 어깨 뒤로 복면인의 척추를 두들겼고, 이내 양손으로 원을 그린 뒤였다.

파팡!

가죽 두들기는 소리와 함께 검기가 튕겨 나갔다.

적운비는 바닥을 쓸 듯이 한 걸음을 내딛고, 둘 중 가까운 쪽의 검을 휘어 감으려 했다. 본능적으로 검을 빼는 상대를 버려두고 다른 쪽의 손목을 노렸다.

빠각!

손목이 탈골되는 순간 검을 놓치며 물러선다.

적운비는 떨어지는 검을 향해 걸음을 내디뎠다. 물 흐르듯 자연스럽게 이어지는 모습에 복면인들은 창졸간 넋을 놓아야 했다.

그리고 떨어지던 검은 원래부터 그럴 목적이었던 것처럼 적운비의 발등에 튕겨 물러난 복면인을 노렸다.

"크흡!"

복면인이 검기를 일으킬 수 있음에도 물러서는 것을 택했다. 적운비의 공세가 변화막측하여 부담감을 느꼈기 때문이다. 이 또한 적운비의 예상 범주 안에서 벌어진 일이 아니겠는가.

적운비는 일전에 만들어 놓은 원을 태극으로 그려낸 후 강하게 밀어냈다.

퍼퍽!

복면인이 허물어지자, 적운비는 두 발을 모으고 섰다.

그러고는 어깨를 으쓱거리며 물었다.

"설마 이 세 명이 천급?"

복면인들은 한순간 말문을 잇지 못했다.

여유로움은 사라진 지 오래였고, 주변의 대기가 묵직하게 가라앉았다.

적운비는 키득거리며 말을 이었다.

"이거야 원, 차라리 도망치지 말까요?"

"……."

적운비가 눈을 가늘게 뜨고 나직이 말했다.

"그냥 태상이나 만나러 갈까?"

복면인들의 투기가 더욱 강해졌다.

태상에 대한 감정은 제각각일지 모르지만, 현재는 수하의 입장이 아닌가. 태상의 굴욕은 곧 그들의 굴욕과 다르지 않았다.

"잠시 득세를 했다 하여 어린놈이 너무 방자하구나."

적운비는 어깨를 으쓱거리더니 귀를 후벼 팠다.

"어쩐지 조금 전에 들었던 말이 또 들린 것 같은걸? 예화야. 너도 들었지? 이거 환청 아니지?"

진예화는 멍하니 서 있다가 화들짝 놀라며 말했다.

"들었어. 나도……."

그러고는 복면인들의 시선이 집중되자, 슬그머니 몸을 웅크렸다. 적운비가 너무 쉽게 쓰러트렸을 뿐, 복면인들의 기세는 진예화가 상대하기에 만만하지 않았다.

제아무리 깨달음을 얻은 그녀라고 해도 복면인 한 명을 상대하는 것이 고작일 터였다.

그러니 저들의 자존심은 상할 대로 상하지 않았겠는가.

"목숨만 붙여놓으면 되지 않겠는가."

어둠 속에서 들려온 늙수그레한 목소리.

적운비의 얼굴에서 여유가 사라졌다.

그도 그럴 것이 기척조차 잡아내지 못한 제삼의 존재를 발견한 것이다. 만약 노인이 입을 열지 않았다면 끝까지 눈치채지 못했을 것이다.

"사지를 끊게."

그 말을 끝으로 다시금 기척이 사라졌다.

적운비는 그 순간 낯선 경험을 해야 했다.

손바닥이 흥건하게 젖어들었고, 입가에 경련이 일어났다. 눈앞의 복면인들의 장단점을 판별하여 약점을 찾던 평정심과 분별력은 안개 속에 가려진 것처럼 흐릿해졌다.

'강하다!'

벽천 진인을 처음 보았을 때처럼 커다란 벽이 앞에 세워진 듯한 기분이었다. 그런 자가 일문의 수장이 아닌 수하에 불과하다는 사실을 인식하는 순간 더욱 평정심이 흔들렸다.

미지의 존재와 조우하는 순간 머릿속은 하얗게 변한다.

어찌 보면 적운비는 대부분의 무인들이 겪는 첫 실전의 압박감을 마주하고 있는 것이나 다름없었다.

쿵! 쿵! 쿵!

머릿속에서만 울리는 굉음.

앞을 막아섰던 벽이 옆과 뒤에도 생겨났다.

사방이 막힌 상태에서 느껴지는 것은 엄청난 존재감을 지닌 노인의 기척뿐이었다. 그렇다고 출구가 없는 것은 아니다. 다만 노인의 존재감에서 벗어나기 위해 얼마나 복잡한 미로를 지나야 하는지가 걱정이었다.

'갈 수 있을까?'

그 순간 멀리서 산울림처럼 희미한 누군가의 목소리가 들렸다.

"위험해!"

*　　*　　*

대검백(大劍伯)은 기공탄노와 같은 상천의 구성원이다.

어린 시절부터 검을 다뤘고, 커다란 위명을 쌓았다.

하지만 대검백은 출신의 한계를 이겨내지 못하고 강호를 떠돌았다. 기공탄노가 그랬던 것처럼 대검백 역시 종착지는 태상이었다.

기공탄노가 명령에 불만을 품은 것과 달리 대검백은 사견을 드러내지 않았다.

어찌 됐든 제갈세가의 녹을 먹는 입장이 아닌가.

그러니 부탁하는 일이라면 들어주는 것이 당연했다.

한데 적운비라는 아이, 생각보다 괜찮다.

태상의 명이 아니었다면 제자로 거두고 싶었을 만큼 대단한 녀석이 아닌가.

하나 거기까지가 대검백의 사견이었다.

대검백은 천급의 빈객들이 당하는 모습에 일부러 기척을 드러냈다. 태상의 수하들과 인연은 없지만, 마냥 지켜볼 수는 없는 노릇이 아닌가.

그렇기에 일부러 기세를 최고조로 끌어올렸다.

아니나 다를까 적운비라는 아이는 곧바로 자신의 기세에 대항하려 했다. 잠시나마 자신의 기운을 막아내는 모습에 절로 탄성이 흘러나왔다. 하나 결국은 자신의 기운에 먹혀서 눈동자가 혼탁하게 변했다.

주화입마에 빠진 것이다.

'목숨만 붙여놓으라고 했으니……'

대검백은 일부러 시선을 돌렸다.

아까운 인재가 망가지게 되는 꼴까지 지켜보고 싶지는 않았다.

진예화의 외침을 들은 것이 그때였다.

'쯧쯧, 네가 나선다고 해서 달라질 것은 없단다.'

*   *   *

진예화가 적운비의 상태를 인지하기란 불가능했다.

경지에 이르렀기 때문에 마주해야 했던 위험이기 때문이다. 하나 그렇다고 해서 적운비를 향해 달려드는 복면인들을 구경만 하고 있을 수는 없었다.

스릉—

진예화는 검을 뽑는 것과 동시에 복면인을 향해 내리쳤다. 일견하기에도 자신보다 부족한 이를 찾기가 어려웠다. 그러니 첫 합에 전력을 다하고, 복면인을 밀어내야 했다.

다행히 가장 가까운 자는 병기를 들지 않았다.

진예화의 검기가 부담스러웠는지 슬그머니 몸을 뺀다.

하나 그가 아니더라도 진예화의 공격을 맞받아칠 복면인은 많았다.

터텅!

진예화는 세 번의 공세를 막아낸 뒤 밀려났다.

멀미라도 하는 것처럼 속이 울렁거렸고, 풍이라도 온 사람처럼 손을 떨었다. 하나 머뭇거리다가는 적운비가 눈 먼 칼에 맞을 판국이다. 진예화는 억지로 내력을 끌어올리며 다시금

검을 맞댔다.

그러나 만부부당(萬夫不當)이 아닌 이상 모든 공격을 막기란 불가능했다.

"적운비!"

진예화는 아예 적운비의 앞을 가로막았다.

여차하면 몸으로라도 막을 생각인 게다.

구궁신행검을 극성으로 펼쳐서 첫 번째와 두 번째 공세를 막아냈다. 시야가 흐릿했고, 핏물은 목구멍까지 차올랐다. 하지만 가까스로 검을 고쳐 잡았고, 세 번째 공격에 대응하려 했다.

쩡!

반탄력은 정직하다.

강한 자의 뜻에 따라 상대를 괴롭힐 뿐이다.

그리고 이 순간의 강자는 바로 복면인이었다.

진예화는 비명도 지르지 못한 채 피를 뿜어냈다.

그녀의 검은 주인을 벗어나 튕겨 나갔다.

한데 그 순간의 감정은 놀랍고도 신비로웠다.

죽는다는 비장함보다 지키지 못했다는 미안함이 먼저 마음속을 가득 채웠기 때문이다.

그리고 그 순간 마지막으로 적운비의 얼굴을 보지 못했다는 아쉬움이 진하게 남았다.

'이게 뭐람.'

쓴웃음이 절로 흘러나온다.

진예화는 온몸에서 힘이 빠져나가는 것을 느끼며 눈을 감았다.

이제 끝이다.

그 순간 진예화의 허리를 받혀주는 손길이 있었다.

동시에 명문혈로 온기가 전해졌다. 그것은 요동치던 혈맥을 천천히 가라앉혀 주었다.

"싸움은 끝나지 않았어. 졸고 있을 때가 아니라고."

진예화는 눈을 부릅떴다.

방금 전까지만 해도 주화입마에 빠졌던 적운비가 빙긋 웃으며 자신을 감싸고 있었다.

그리고 그의 손에는 자신이 놓친 검이 쥐어져 있었다.

"잠깐 빌릴게."

적운비는 가볍게 검을 휘둘렀다.

본래 검보다 장법을 능숙하게 펼치던 적운비다. 그러나 지금 적운비가 검을 다루는 움직임은 장법을 펼치는 것 못지않게 뛰어났다.

한데 적운비가 휘두른 검로(劍路)가 묘하게 태극의 문양을 닮아 있지 않은가.

—망설임이 없으면 나아가지 못할 이유가 없다.

면장에서 얻었던 깨달음을 검에 담은 것이다.

"크악!"

복면인은 가슴을 베이고 황급히 물러났다.

일견하기에도 제법 상세가 깊었다.

'더 강해졌어?'

진예화는 토끼 눈을 하고 적운비를 올려다봤다.

한데 적운비는 주화입마의 직전에서 되돌아왔음에도 아무일도 없었던 것처럼 부드러운 표정을 짓고 있었다.

모두 무장선의 덕이다.

대검백의 기운은 홀로 감당하기에는 너무나 압도적이었다. 하지만 적운비는 천학도관에서 자연이 만들어 낸 기사를 통해 무장선을 기억에 새기지 않았던가.

제아무리 주화입마로 인해 정신이 붕괴됐다고 하지만, 수많은 무장선을 머릿속에 새긴 그때보다는 힘들지 않았다.

나는 끝을 보았다!

그것을 깨닫는 순간 대검백이 옭아맸던 기운은 어디에서도 찾을 수가 없었다.

"놈을 지치게 만들어!"

복면인들이 뒤늦게 연수합격이나 진신절기를 드러냈지만, 적운비의 행보를 막기란 역부족이었다.

터텅!

또 한 명의 복면인이 비명을 지르며 밀려났다. 그는 장법의 고수였지만, 풍이라도 걸린 사람처럼 양손을 떨어야 했다.

곧게 내리친 검을 맞받아쳤을 뿐이다. 하지만 적운비가 휘두른 청강검은 마치 연검처럼 자신의 양손을 휘감는 듯했다. 힘을 집중시켜야 할 타점을 찾을 수가 없게 된 것이다. 그러니 공격을 펼쳐도 허공을 두들기는 것처럼 허망함이 느껴졌다.

"뭐야? 도대체 뭐냐!"

적운비는 대꾸하는 대신 쉴 새 없이 검을 휘둘렀다.

처음에 복면인들을 자극했던 이유는 단기전을 노렸기 때문이다. 인적이 드물다 해도 시간이 지나면 태상의 수하들이 몰려올 것은 자명했다. 한시라도 빨리 포위망을 돌파하고 남문으로 가야 할 처지가 아닌가.

"큭!"

또 한 명의 복면인이 검면으로 얼굴을 얻어맞고 쓰러졌다. 이제 천급으로 보이는 복면인은 진천도주만 남게 되었다.

"이놈!"

그의 전신에서 살기가 폭사됐다.

하지만 그것은 궁지에 몰린 맹수의 울부짖음과 다르지 않았다.

적운비는 진천도주와 다시 만났음에도 별다른 감정을 느

끼지 못했다. 조홍진이나 진천도주나 한때 스쳐 간 희미한 인연에 불과하지 않은가.

지금은 그저 장애물에 불과했다.

적운비는 진천도주를 향해 검을 내던졌다.

진천도주가 패도로 검을 가르는 순간 적운비의 신형이 턱 밑에서 나타났다.

"흡!"

적운비의 양손이 와류를 그렸고, 그것은 그대로 진천도의 명치부터 두들기며 치솟았다. 가슴과 목을 지나 턱을 두들겼고 이내 정수리를 찍은 후에야 공세가 끝을 맺었다.

진천도주는 게거품을 물며 쓰러졌다.

그가 쌓았던 위명 또한 거품처럼 사라지는 순간이었다.

적운비는 진천도주를 처리한 후에 오히려 담담한 표정을 유지했다.

이제 진짜가 등장할 차례였다.

"솔직히 놀랐다는 점을 인정하마."

적운비는 목소리가 들린 쪽을 응시했다.

그것으로 보아 대검백의 위치를 파악하지 못했음을 알 수 있었다. 한데 대검백은 처음에 적운비가 쳐다보고 있던 자리에서 모습을 드러냈다.

어둠을 뚫고 나타난 대검백은 복면을 쓰지도 않았고, 오히려 가죽을 기워 만든 실용적인 옷을 입고 있었다.

"저도 방금 다시 한 번 놀랐다는 점을 인정합니다."

적운비는 대검백의 얼굴을 마음에 새겼다.

팔방전성(八方轉聲)을 펼칠 정도의 고수다.

두려움은 이겨냈으니 이제는 배울 수 있는 것은 모조리 뽑아 먹을 차례였다.

'나는 지지 않아!'

촤아아악─

그 순간 적운비는 눈을 부릅뜰 수밖에 없었다.

대검백이 쥔 장군검에서 백색의 강기가 치솟았기 때문이다.

"아마도 면장이겠지? 어린 시절 사부님께 들었던 기억이 있다. 그 오래전의 기억이 떠오를 정도로 네 무공은 참으로 신묘하구나."

지이이잉─

대검백의 말에 이어 장군검이 화답하듯 요동을 친다.

그는 자식을 달래는 아비처럼 검신을 쓰다듬으며 말했다.

"서로 길게 끌 필요가 있겠느냐? 오너라."

적운비는 그 순간 공간을 접듯 빛살 같은 속도로 꽂혀 들었다. 양손에 맺힌 와류는 얼마나 세차게 휘도는지 유형화될 정도였다.

쩡!

면장과 강기가 충돌하는 순간 마치 시간이 멈춘 듯했다. 그것이 아니라면 충돌하는 순간이 너무도 선명하게 뇌리에 남았기 때문이리라.

'태극이……'

찌이이이잉!

적운비의 뇌리에만 들리는 파열음.

태극이 산산조각 난 것이다.

대검백의 무위는 그의 기세를 상회할 정도로 엄청났다.

적운비는 공파산으로 태극을 이어갈 엄두조차 내지 못한 채 튕겨 나가야 했다.

"크헉!"

피를 한 바가지나 토했다.

대검백은 뒷짐을 진 채 다가오며 한 마디를 흘렸다.

"함께 가야겠구나."

적운비는 전신을 부르르 떨었다.

이번만은 빠져나갈 방도가 떠오르지 않았다.

대검백이 적운비의 혈도를 짚으려는 순간이었다.

나직하지만 서릿발 같은 한 마디가 공터에 전해졌다.

"그는 갈 수 없습니다."

적운비는 눈을 휘둥그레 떴다.

그도 그럴 것이 천룡학관주 이현의 수신호위인 서준이 나타났기 때문이다.

'관주의 호위가 왜?'

서준은 대검백의 상대가 되지 못한다.

그러니 적운비로서는 의아할 수밖에 없었다.

반면 대검백은 서준의 등장을 예상하고 있었는지 담담한 표정을 유지하고 있었다.

한데 놀라운 것은 대검백의 다음 행동이었다.

서준은 앞을 막아선 것도 아니고, 투기를 흘린 것도 아니다. 하지만 대검백이 믿을 수 없게도 순순히 손을 거두는 것이 아닌가.

"구경만 하는 줄 알았는데?"

서준은 대검백을 향해 포권을 했다.

"대검백이 아니셨다면 나서지 않았을 겁니다."

대검백은 미간을 찡그렸다.

"그가 보낸 건가?"

서준은 대답 대신 명패를 꺼냈다.

손바닥만 한 명패는 검붉은 재질에 금사로 테두리를 두른 것이다. 한데 그것을 본 적운비와 대검백의 반응은 상반됐다.

적운비는 경악했고, 대검백은 한숨을 내쉬었다.

'저건······.'

대검백은 이해할 수 없다는 듯 고개를 내저었다.

"그걸 꼭 쓰겠다고?"

"관주께서 그리 말씀하셨습니다."

"설령 내 명예가 손상된다고 해도 그가 원하는 일을 해 주겠다 약조하였어. 한데 그것을 저 아이에게 쓴다고? 도대체 저 아이가 누구이기에?"

서준은 기계적인 대답만 반복했다.

"관주의 뜻입니다."

"태상은 이번 일을 묵과하지 않을 거야. 호위인 자네라면 알고 있겠지? 관주는 지금 자신의 전부를 내놓은 것이야."

이번만은 서준도 대답 대신 침묵을 지켰다.

하지만 명패를 거두지는 않았다.

대검백은 그제야 빙긋 웃으며 검을 거뒀다.

"은원은 모두 사라졌다."

그 말을 끝으로 대검백은 아예 뒤로 물러서서 길을 열었다.

서준은 적운비에게 한 마디를 흘렸다.

"잊지 마라. 그분은 마지막 한 수를 내놓으신 거다."

적운비는 손으로 입가의 피를 훔친 후 고개를 끄덕였다. 한데 그 순간 대충 찢은 천으로 얼굴을 감싼 사내가 공터로 달려들어 왔다.

"어?"

복면인은 적운비를 보고 탄성을 흘렸다.

"찾았다!"

하나 적운비는 인상을 쓰며 어이없다는 표정을 지어야 했다. 천으로 얼굴을 가렸다지만 눈매는 익숙했고, 검은 자신이 골라 준 것이 아닌가.

"네가 왜 여기 있냐?"

복면인, 아니 혈인은 슬그머니 시선을 피했다.

"산책을 좀 하다가 보니 우연하게……."

그 순간 적운비는 얼굴을 구겼다.

그도 그럴 것이 혈인은 혼자 온 것이 아니었다. 삽시간에 수십 명의 복면인들이 공터로 들어섰다. 정광을 번뜩이며 살기를 드러낸다. 생각할 것도 없이 태상이 보낸 자들이었다.

"네가 데리고 온 거냐?"

혈인은 헛기침을 했다.

처음 그의 의도는 곤란에 처한 적운비를 도와줄 요량이었다. 인적이 드문 곳을 수색하는 복면인들을 발견했을 때까지만 해도 상황은 나쁘지 않았다.

하나 혈인이 강하다고 해도 살수가 아닌 이상 기척을 들키는 것은 시간문제였다.

결국 복면인들에게 쫓기기 시작했고, 정체를 들키지 않기 위해 소매를 찢어 얼굴을 감싸야 했던 게다.

"하아."

적운비는 얼굴을 가리며 탄식했다.

대검백은 순수하게 관주와 약속을 지키려고 물러난 것이 아니었다. 그는 이미 복면인들의 접근을 눈치채고 있었던 게다.

"그나저나 어디로 가는 거냐? 이미 맹의 성문은 죄다 닫혔더라. 맹주의 명령으로 을(乙) 급 경계령이 내려졌대. 나가고 싶다고 나갈 수가 없는 상황이더라."

적운비는 신음을 흘리며 몸을 일으켰다.

"상관없어. 성문까지만 가면 된다."

진예화가 황급히 다가와 부축을 했다.

"도대체 성문에 뭐가 있기에 그래? 을 급 경계면 원로급이 아니면 통과가 안 돼."

적운비의 상태는 진예화의 근심을 덜어줄 만큼 여유롭지 않았다.

양의심법은 보통의 내공과 궤를 달리한다.

육신으로 쌓은 내공이 아니라 심상으로 깨달은 것이기 때문이다. 한데 무소불위여야 마땅한 태극이 대검백의 강기로 인해 깨졌다.

그 충격은 여타의 반탄력과 비교할 수가 없었다.

"가야 돼. 시간이 다 됐어."

하나 혈인이 끌고 온 복면인들은 이미 도주로를 막아선 상태였다. 복면인의 구성은 천급 빈객 세 명에 일반 무사가 삼십여 명이다.

'평소의 반만 됐어도……'

진예화와 혈인은 충분한 전력이지만, 천급 빈객을 세 명이나 막기란 불가능했다.

적운비는 혹시나 하는 마음에 서준을 쳐다봤다.

하나 그는 역할을 끝냈는지 대검백과 마주한 채 자리를 지킬 뿐이었다.

'쳇! 끝까지 얄미운 작자로군.'

그 순간 대검백의 혼잣말이라고 하기에는 다소 큰 한 마디가 들려왔다.

"셋이 함께 처리하게."

동시에 천급 빈객들은 경계심을 더욱 끌어올렸다.

'방심하고 있을 때 돌파했어야 해.'

적운비는 남몰래 손가락을 휘저어 태극을 만들었다.

하나 그것은 문양에서 그칠 뿐 조화로운 힘을 드러내지는 못했다.

이래서야 양의심법과 면장을 제외한 무당의 기본공 정도나 사용하는 것이 가능할 터였다.

'그냥 싸우면 필패인데……'

대검백의 경고로 천급 빈객들은 적운비를 경계했고, 적운비는 궁리를 하느라 잠시나마 시간이 지체됐다.

놀랍게도 그것은 모두가 생각지 못한 변화를 이끌어내기에 충분한 시간이었다.

"거기 누구냐?"

동시다발적으로 공터 주변에 무인들이 모습을 드러냈다. 그들은 복면을 쓰지 않았고, 가슴에는 소속을 나타내는 휘장을 달고 있었다.

휘장을 확인한 적운비의 입가에 미소가 걸렸다.

'살았다!'

쾅!

유난스럽게 허공에서 비조처럼 모습을 드러낸 무인이 있었다. 장년인은 눈에 띌 정도로 팔다리가 길었다. 그는 모습을 드러내면서 대갈일성을 터트렸다.

"천룡맹 사경당주 마태웅이다! 감히 맹주께서 군웅회를 개최하셨거늘 성내에서 복면을 쓰고 다니다니! 당장 복면을 벗고 소속을 밝혀라!"

삼문비당 중 취웅당의 당주인 마태웅이다.

그리고 남궁신과 밀약을 맺은 마전풍의 아비였다.

복면인들은 태상에게 은밀하게 일을 처리하라고 명령을 받은 상태가 아닌가. 그러니 그들에게 가장 까다로운 상대는 고수가 아니라 천룡맹의 무사들이었다. 그러나 목표를 앞에 두고 그냥 물러서면 태상의 불호령이 떨어지지 않겠는가.

[어떻게 해야 합니까?]

결국 대검백에게 결정을 미뤘다.

그리고 대검백은 대답 대신 어둠 속으로 발을 내디뎠다. 동시에 천급 빈객은 사방으로 흩어졌다. 하나 모든 복면인들이 천급은 아니었다.

마태웅은 뒤늦게 도주하는 복면인들을 가리키며 소리쳤다.

"수상한 놈들이다! 잡아!"

적운비는 혈인을 돌아보며 헛웃음을 지었다.

"네가 끌고 온 거냐?"

"딱히 너를 구하려고 했던 건 아니야. 나를 죽일 듯이 쫓아오는 모습이 맹의 무인들의 시선을 끌었을 뿐이니까."

혈인은 주변을 휘휘 둘러보더니 지나가는 말로 한 마디를 흘렸다.

"산책도 끝냈으니 난 이제 가야것다."

적운비는 피식 웃으며 말했다.

"천룡맹 안에서 산책을 하는데 검은 왜 들고 왔냐?"

혈인은 멋쩍은 표정을 짓더니 어깨를 으쓱거렸다.

"길들여야지."

적운비는 떠나는 혈인을 향해 전음을 보냈다.

[내가 한 말 잘 생각해봐. 오히려 단순하고, 말도 안 되는 게 답이 될 수가 있다니까.]

혈인의 대꾸는 없었다.

그저 왼손을 쥐락펴락하면서 고개를 갸웃거린다.

이유는 알 수 없지만, 녀석과의 인연은 이제부터 시작이라는 느낌이 강하게 들었다.

[그만 미적거리고 가라.]

사경당주인 마태웅을 뒤따라온 마전풍의 전음이 들려왔다. 그의 등장은 다름 아닌 적운비의 개입으로 벌어진 일이었다. 비급을 챙기고 단도제에게 글을 남긴 적운비는 잠시 마전풍에게 시간을 할애해야 했다.

자신이 떠나는 것을 태상이 묵과할 리 없으니 대비책을 세운 것이다.

적운비가 내세운 조건은 두 가지였다.

─군웅회의 경계를 맡은 사경당주와 함께 활동할 것.

─맹 밖으로 한 통의 서찰을 전하는 것.

그 대가는 한 가지.

[이제 삼문비당을 가질 수 있는 방법이 무엇이냐?]

적운비는 진예화와 어깨를 나란히 하고 걷던 와중에 전음을 남겼다.

[취응당을 모두 이끌고 삼문협으로 가라. 당장!]

마전풍은 영문 모를 소리에 미간을 찡그렸다.

[서찰은 제대로 전했겠지?]

[전했다. 그런데 무턱대고 삼문협으로 가라면 내가 갈 줄 알았더냐?]

[무화운은 음약을 퍼트렸고, 장영과 수하들은 무공을 잃었어. 그리고 지금부터 맹주가 삼문비당의 죄를 물으려 할 거다.]

마전풍은 적운비의 뒤이은 한 마디에 눈을 부릅떠야 했다.

[육가인은 마공을 익힌 사실이 발각됐으니 운이 좋으면 서기병문도 가질 수 있을 거야. 하지만 늦으면 태상에게 모두 빼앗긴다.]

적운비가 공터에서 사라지자, 마전풍은 급히 아비를 찾아 몸을 날렸다.

*　　*　　*

혈인의 말처럼 성문은 굳게 닫힌 상태였다.

하나 다행히 객잔과 주루가 밀집된 남문이기에 여전히 오가는 사람들로 인해 인산인해를 이루고 있었다.

추적자는 걱정하지 않아도 되지만, 나갈 수도 없게 된 것이다.

"월담이라도 하면 무당에 대한 인식이 나빠져. 그 후에는 태상이 무슨 죄를 거론하더라도 누명을 벗기 힘들 거야."

진예화가 걱정스럽게 말했지만, 적운비는 위지혁을 찾기 위해 한참을 두리번거려야 했다.

위지혁은 남문 옆에 있는 상가에 나와 있었다.

'다행히 밖에 나와 있었네.'

혹시 골목이나 객잔으로 들어갔다면 암습을 받았을지도 모르는 일이었다.

적운비는 위지혁과 합류하자마자 급히 물었다.

"성문 담당자는?"

위지혁은 표정을 굳혔다.

"정무검이란다."

진예화가 탄식했다.

"아! 들은 적이 있어. 대쪽 같은 성격에 법과 규칙만 신봉하는 고지식한 분이라고 했어."

"맞아. 이미 무정선자께서 시도하셨는데 씨알도 안 먹히더라."

하지만 적운비는 얼굴에 화색을 띠었다.

"역시! 태상답네."

"야! 지금 좋아할 때가 아니잖아. 어떻게 나갈 건데?"

"지금 몇 시야?"

위지혁은 엉겁결에 대꾸했다.

"해시 초 정도 됐겠지. 설마 누가 올 때까지 기다리기라도 하려는 거야? 원로급이 아니면 절대 문은 안 열려. 너 원로원에 아는 사람이라도 있어?"

적운비는 고개를 내저었다.

"있을 리가 없잖아."

"그럼 어떻게 할 건데?"

"기다려야지. 열릴 때까지."

진예화와 위지혁은 말을 잃었다.

한데 무정선자는 기다린다는 말에 검을 뽑았다. 그러고는 눈을 감더니 검을 매만지며 구결을 읊조렸다. 무당파 제일의 수련광이 누구인지 밝혀지는 순간이었다.

"지금도 일대를 이 잡듯이 뒤지고 있을 거야. 이렇게 기다리다가는 잡힐 게 뻔해."

참다못한 진예화가 나섰다.

그리고 위지혁이 나서서 투덜거리려는 순간 적운비가 나직하게 한 마디를 흘렸다.

"준비해."

진예화와 위지혁은 고개를 갸웃거리며 적운비를 뒤따랐다.

그리고 그들이 남문 근처에 이르렀을 때였다.

문밖에서 내공이 실린 일갈이 터져 나왔다.

"문을 열어라!"

천룡맹의 영역을 알리는 성문에서 내공을 사용하는 행위는 권위에 대한 도전이었다. 게다가 그것이 성문이 닫힌 후라면 결코 용서받을 수 없는 행위가 아닌가.

하지만 뒤이은 한 마디는 문을 열어야 하는 당위성을 지니기에 충분했다.

"남궁세가주께서 도착하셨다!"

第十章

무당의 반도

문이 열린다.

인파는 양쪽으로 갈라져 마차가 지나갈 길을 연다.

꼬장꼬장한 성문의 경비장, 정무검은 고개를 숙인다.

그렇게 태상의 명령으로 굳게 닫혔던 문이 열린다.

이것이 남궁세가의 힘이었다.

원로원의 재가가 없으면 열리지 않는다는 문을 한 마디로
열게 만드는 힘이 남궁세가에 존재했던 것이다.

제갈세가와 더불어 천룡맹을 이루는 중심축.

전대 맹주가 죽었어도 변치 않는 사실이었다.

위지혁은 눈을 휘둥그레 뜨며 적운비를 응시했다.

아니나 다를까 적운비는 입꼬리를 올린 채 특유의 자신만
만한 표정을 짓고 있었다.

'설마 이것도 네가 꾸민 짓이냐?'

그 순간 남궁세가주인 남궁신과 적운비의 시선이 잠시 마
주쳤다.

다른 사람은 몰라도 두 사람을 몰래 지켜보던 위지혁만은
눈치챌 수 있었다. 두 사람은 눈짓을 교환했고, 그것은 이번
일이 사전에 계획된 일이었음을 증명했다.

위지혁이 넋을 놓은 사이 진예화가 옆구리를 찔렀다. 적
운비는 이미 골목으로 향하고 있었다.

'전음을 주고받았군.'

적운비가 도착한 곳은 객잔의 마구간이다.

"기다리죠."

이제는 모든 이들이 적운비의 말에 귀를 기울였다.

잠시 후 남궁신이 수하들과 함께 객잔에 도착했다.

마차와 수레가 마구간 앞에 정렬했고, 무인들은 객잔 주
변에 철통같은 경계망을 펼쳤다.

"저 녀석, 생긴 건 옛날하고 똑같은데…… 느낌은 완전
다른 사람 같네."

위지혁의 중얼거림에 적운비는 옅은 웃음을 지었다.

몇 년 만에 마주한 남궁신의 얼굴에서 앳된 모습을 찾기

란 요원했다. 매끈하고, 자신감 넘치는 얼굴은 예전과 같았지만, 속으로는 수많은 정쟁과 암투를 거쳐 왔을 것이다. 그러니 묵은 술이 좋은 향기를 내듯 그 역시 일문의 수장이 지녀야 할 근엄한 기도를 자연스럽게 흘려내고 있었다.

"태상은 숙부께서 맡아주시겠습니까?"

남궁신은 주름이 가득한 노인에게 공경한 어조로 말했다. 노인 역시 사적으로는 조카였지만, 일문을 대표하는 남궁신에게 존대를 하며 고개를 끄덕였다.

"제가 그를 만나 분위기를 살피도록 하지요."

"좋습니다. 그렇다면 객잔에서 하루 묵고, 내일 아침부터 본격적으로 움직이겠습니다."

노인은 손을 모으며 나직이 말했다.

"소가주, 아니 가주께서 말씀하신 것처럼 세가 밖으로 나왔으니 좋은 모습만 보이도록 서로 노력하지요."

몰래 대화를 엿듣던 적운비는 미간을 찡그렸다.

'아직 남궁세가는 혼란스럽구나.'

남궁세가는 등장부터 기세등등한 모습을 보였다.

가주가 앞장섰고, 명망 높은 세가의 어른들이 뒤를 따랐다. 게다가 일견하기에도 정예로운 세가원들이 그득하지 않았던가.

하나 이것은 군웅회에 참석하기 위한 잠시 동안의 휴전이 분명했다. 어찌 됐든 남궁세가의 목표는 제갈세가를 누르고, 다시 맹의 실권을 독차지하는 것이기 때문이다.

남궁신의 대꾸는 적운비에게 확신을 주었다.

"세가로 돌아갈 때까지 우리는 세가의 건재함만 보여주는 겁니다."

노인은 빙긋 웃으며 객잔 안으로 사라졌다.

서늘한 한 마디를 남긴 채 말이다.

"그동안은 편히 주무시길……."

남궁신의 대응도 만만치 않았다.

"숙부야말로 오랜만에 마음 편히 연회를 즐기세요. 독주 같은 건 없을 테니까요."

한데 당장이라도 노인을 따라 들어설 것 같던 남궁신이 당황스러운 표정을 보였다.

"웅표! 시황!"

수신호위로 보이는 두 사람이 황급히 다가왔다.

"무슨 일이십니까?"

"내가 조금 전까지 걸치고 있던 장포는 어디 있느냐?"

웅표와 시황은 눈을 끔뻑였다.

"글쎄요."

"큭! 거기에는 소소가 써준 서찰이 있어. 태상에게 전해야 하는 것인데……."

그제야 웅표와 시황은 눈을 휘둥그레 떴다.

제갈소소는 가주의 정혼자였지만, 명색이 태상의 손녀가 아닌가. 그런 그녀가 보낸 서찰을 잃어버린다면 태상에게 트집거리를 주는 것이나 다름없었다.

남궁신은 웅표와 시황에게 객잔을 가리켰다.

"들어가서 본 사람이 있는지 확인해 봐."

웅표와 시황이 호위를 이끌고 황급히 객잔 안으로 들어섰다.

그때 남궁신의 표정이 제 모습을 찾았다.

그러고는 마차를 향해 턱짓을 하는 것이 아닌가.

그것을 본 적운비는 일행에게 손짓을 했다.

"가자."

위지혁은 혀를 내두를 수밖에 없었다.

'이것들은 뭐야? 어디까지 짜 맞춘 거야?'

적운비를 비롯한 무당의 제자들이 마차로 숨은 후 남궁신의 수하들이 돌아왔다.

"제검당의 부당주가 보았답니다. 원평 객잔에서 잠시 쉬고 계실 때 어깨에서 잠시 내려놓으셨답니다."

위지혁은 입술을 삐쭉 내밀었다.

분명 제검당의 부당주라는 위인이 남궁신이 시킨 대로 이야기를 했을 것이 분명했다.

아니나 다를까 남궁신이 마차에 오르며 황급히 발을 굴렀다.

"뭣 하느냐? 당장 마차를 몰아라. 장포를 찾아와야 해."

"가주, 저희들이 다녀오겠습니다."

시황이 남궁신을 말리고 나섰다.

하나 남궁신은 고개를 내저으며 단호하게 말했다.

"가뜩이나 못마땅해하는 태상이야. 머저리 같은 모습을 보일 수는 없지. 내가 가서 직접 가져와야겠다."

"가주."

"됐다. 시황 너는 여기서 가솔들을 챙겨. 웅표, 말을 몰아라. 당장!"

까다로운 시황과 달리 곰처럼 생긴 웅표는 냉큼 고삐를 쥐었다.

"가자!"

마차가 급히 출발했다.

남궁신은 돌아앉으며 적운비를 쳐다봤다.

그의 얼굴에는 복잡한 감정이 가득했다.

"오랜만이네. 잘 지냈냐?"

적운비는 쓴웃음을 흘렸다.

"그냥저냥, 그런데 너도 생각보다 좋아 보이지는 않는걸?"

"세가의 문제가 밖으로 드러나면 지금껏 쌓아온 위명이 무너져. 그걸 모두 아니까 조심해서 일을 꾸미지. 그러다 보니 더욱 해결하는 데 시간이 걸리는 거고."

남궁신은 적운비를 제외하고는 시선조차 주지 않았다.

심지어 무당의 이대제자인 무정선자를 보고도 마찬가지였다.

하나 무정선자는 별다른 기색 없이 눈을 감았다.

상대는 명색이 남궁세가의 가주 대리가 아닌가. 자신이 끼어들 이유가 없다 여긴 게다.

오히려 진예화가 불만을 드러내려 했다.

하나 위지혁은 고개를 내저으며 만류했다.

이제는 인정해야 하지 않겠는가.

저 두 사람은 자신들과 함께 있지만, 아주 높은 곳에서 대화하고 있음을 말이다.

남궁신은 마차 안을 살피더니 목소리를 낮게 깔았다.

"사람이 너무 많은걸?"

적운비는 빙긋 웃으며 말했다.

"괜찮아."

남궁신은 상체를 앞으로 숙인 채 한 마디를 흘렸다.

"괜찮지 않아."

이번에는 적운비도 남궁신과 코가 맞닿을 정도로 가까이

다가갔다.

"내가 괜찮다고 하잖아."

남궁신은 한참 동안 적운비를 노려봤다.

하지만 결국 아쉬운 쪽은 자신이 아닌가. 게다가 세가에 남은 제갈소소도 신신당부를 했다. 적운비를 만나게 되면 자존심을 세우기보다 상대의 분위기를 파악하라고 말이다.

한데 적운비의 기도는 예전과 비할 바가 아니었다.

솔직히 말하자면 어느 정도인지 읽어내기도 어려웠다.

'진짜 강해졌군.'

남궁신은 잠시 적운비를 태상에게 넘겼을 때의 상황을 떠올렸다.

하나 그럴 수는 없는 노릇이다.

적운비에 대한 의리나 우정 때문이 아니었다.

비록 겉으로 보기에 위험한 쪽은 적운비였지만, 속내를 따져보면 자신이야말로 백척간두의 상황이 아니던가.

'태상!'

군웅회를 연 태상의 목적은 뻔했다.

천룡맹을 완벽하게 자신의 것으로 통제할 생각이다.

그다음 남궁세가는 알게 모르게 조금씩 권력의 중심축에서 밀려난 채 그저 그런 문파로 낙후될 것이 분명했다. 현재 남궁세가 내에서 벌어지는 후계 다툼에 가장 즐거워할 사람은 다름 아닌 태상이기 때문이다.

결국 남궁신은 자신이 적운비의 꼭두각시처럼 움직일 수밖에 없는 전가의 보도를 스스로 입 밖으로 꺼냈다.

"구룡검제에 관한 정보는?"

진예화와 위지혁은 남몰래 탄성을 흘렸다.

이제야 적운비의 의도대로 남궁세가의 소가주가 움직이는 이유를 알게 된 것이다.

'그런데 구룡검제를 왜 운비한테 찾는 거지?'

'운비가 구룡검제를 어떻게?'

진예화와 위지혁은 서로를 응시했다.

의문을 지닌 것도 같았고, 물어볼 수 없다는 것 또한 같지 않은가.

결국 두 사람은 헛기침과 함께 시선을 돌렸다. 그러면서도 적운비와 남궁신의 대화에 귀를 곤두세웠다.

"천괴 알지?"

적운비는 천괴부터 이야기를 꺼냈다.

천괴로 시작한 이야기는 구룡검제와 검천위를 거쳤고, 당금 제갈세가의 행보에까지 미쳤다.

남궁신은 눈을 부릅떴다.

"뭐라고?"

만약 제갈세가가 천괴의 유산을 찾기라도 한다면 남궁세

가는 견제력을 잃어버린다. 하물며 천괴의 유산에 구룡검제의 유산이 섞여 있기라도 한다면 어쩌란 말인가.

남궁세가에는 태상이 구룡검제의 비급을 쥐고 흔들기만 해도 넙죽 엎드려서 침을 흘릴 사람들로 가득했다.

"가능성은? 대공녀가 천괴의 유산을 찾을 가능성은 얼마나 되는 거냐?"

적운비는 심각한 표정으로 고개를 내저었다.

"모른다. 어찌 됐든 그들이 천괴의 유산을 찾기라도 하면 곤란한 건 너희뿐이 아니야. 그래서 나는 무당산으로 가서 이번 일을 막아야 해."

남궁신은 짜증 섞인 한 마디를 흘렸다.

"그래서 태상이 너를 암살로 엮으려 했구나."

적운비는 억울하다는 듯 울상을 지었다.

"그래! 그래도 네가 때마침 천룡맹 인근에 있었기에 활로가 생겼어. 정말 고맙다."

남궁신은 어깨를 으쓱거렸다.

"갑자기 해시 말에 남문으로 오라고 해서 무슨 일인가 했다. 다행히 태상의 손아귀에서 놀아나지 않게 되었어."

적운비는 남궁신의 말에 맞장구를 쳤다.

"이번에 동원한 수하들은 한두 명이 아니야. 놓쳤다는 걸 알게 되면 오늘 잠은 다 잔 거지."

"하하하! 생각만으로도 즐겁구나."

남궁신은 박장대소를 했고, 적운비는 낄낄거리며 허벅지를 쳤다. 한데 두 사람의 모습은 지나칠 정도로 작위적이지 않은가.

잠시 후 두 사람은 동시에 웃음을 그쳤다.

적운비는 혀를 차며 입맛을 다셨다.

"많이 컸네."

남궁신은 언제 웃었냐는 듯 무심한 표정을 지었다.

"암살자 몇 번 만나고, 능구렁이들을 상대하다 보면 자연스럽게 어른이 되는 거야."

"소소가 없어서 만만하게 본 거 사과하마."

"나를 혼자 보낸 게 소소다."

"당연히 그렇겠지. 어른이 됐어도 너는 공처가가 될 팔자로구나."

적운비의 조롱에 남궁신은 웃음으로 화답했다.

"소소는 그럴 가치가 있는 여자지."

"흥!"

남궁신은 상체를 앞으로 내밀며 한 마디를 꺼냈다.

"다 필요 없고, 정할 건 제대로 정해야지?"

"그래."

"구룡검제가 남긴 모든 것. 그리고 천괴의 유산 절반!"

적운비는 표정을 굳혔다.

"불가! 구룡검제가 남긴 모든 것을 전해 주마."

"이거 왜 이래? 지금까지 투자한 걸 잊은 거냐? 애초에 구궁무저관을 거론한 건 우리 쪽이라고."

"어차피 알게 될 일이었어."

"그렇다면 귀를 막았어야지. 우리가 네게 말했다는 점은 결코 변하지 않아."

적운비는 입술을 동그랗게 말았다.

"히야! 삶에 제대로 찌들었군."

남궁신은 빙긋 웃으며 되물었다.

"그래서 대답은?"

"그건 안 돼. 구룡검제의 모든 것, 그리고……."

뒷말은 전음으로 이어졌다.

적운비의 자신만만한 표정과 달리 남궁신은 눈을 휘둥그레 떴다.

"그게 가능하다고?"

"네 생각은 어떤데?"

남궁신은 적운비의 반문에 망설일 수밖에 없었다.

그러나 이내 고개를 끄덕였다.

"좋아."

잠시 후 웅표의 일갈이 들려왔다.

남궁신은 창을 살짝 들추고 자신의 얼굴을 보였다.

정무검으로서는 거절할 명분이 전무했다.

"문을 열어라!"

마차가 남문을 통과했고, 적운비는 미소를 숨기지 않았다. 하나 남궁신은 그때까지도 적운비의 전음을 되뇌며 탄성을 흘리고 있었다.

'나를 천룡맹주로 만들어 주겠다고?'

*   *   *

장문인과 벽천 진인, 그리고 벽공 진인은 품(品) 자 형태로 앉아서 침묵을 지켰다.

사건의 발단을 열흘 전이었다.

일단의 무사들이 무당산 근처를 배회한다는 소문을 들은 장문인은 급히 제자들을 내려 보냈다.

하나 그들은 천룡맹의 명패를 제시했다.

무당산은 무당파의 영역이다. 하지만 천룡맹이 공무를 핑계로 든다면 무당파로서는 그들을 물리치기가 어려웠다. 게다가 그들과 직접 움직이는 사람은 소문이 자자했던 대공녀가 아닌가.

결국 무당파는 그들이 무당산을 헤집고 다녀도 모른 척해야 했다.

한데 사달은 결국 일어나고야 말았다.

대공녀가 무당파 인근의 봉우리까지 탐색하겠다며 허락을 구한 것이다.

무당산은 칠십이 봉을 지녔고, 이 중 무당파의 영역은 열두 봉우리 정도였다. 하나 그중에서 무당파가 직접 관장하는 곳은 자소봉을 비롯해 옥녀봉과 금동봉이 전부였다.

그러나 성세가 기울었다고 해서 외인을 영역에 들일 수는 없는 노릇이다. 오히려 강호에 제갈세가의 만행을 알리고 압박해야 마땅했다.

하나 장문인은 허락할 수밖에 없었다.

천룡맹의 공무를 이유를 댄 이상 제갈세가와 연수를 한 장문인으로서는 거절의 명분이 전무했다.

"모두 다 제 탓입니다."

장문인은 며칠 사이 몇 년은 늙어 보였다.

벽천 진인과 벽공 진인의 얼굴에도 수심이 가득했지만, 애써 장문인을 위로했다.

"저들이 이미 악한 마음을 가지고 접근했으니 우리만으로 막지 못하는 것은 당연하네. 그러니 그리 심려치 말게나."

"천룡맹의 무인들이 대부분이지만, 그 외에도 사람들이

상당해요. 저들은 분명 무언가를 찾고 있는 겁니다."

장문인과 벽천 진인의 대화에 벽공 진인이 끼어들었다.

"그러니 더 걱정일세. 저들은 목적하는 바를 이루지 못하면 우리에게 또 요구를 하겠지."

"설마 옥녀봉과 금동봉을 열어 달라고 하겠습니까?"

장문인의 대꾸에 벽천 진인이 침음을 흘렸다.

"이미 저들의 행보는 상리에 어긋났네. 남의 눈을 의식하는 태상이 할 법한 일이 아닌 게지. 그러니 태상이 변했을 정도로 중요한 무언가를 찾는 게 확실해."

"우리는 그동안 강호 정세에 너무 어두웠습니다."

"지난 일을 아쉬워한다고 달라질 일이 있던가? 차라리 앞으로 일어날 일에 대해 대비를 하세."

"힘을 내게. 장문인!"

며칠 후 장문인이 우려하던 일이 벌어졌다.

대공녀가 옥녀봉과 금동봉의 출입을 원한 것이다.

장문인은 분노를 금치 못한 채 대공녀의 수하를 내쳤다.

분명 제갈세가에서 앙심을 품을 것이라 예상했다.

하지만 대공녀는 무당파가 생각지 못한 방법을 꺼내 들었다. 선물을 잔뜩 준비해서 직접 찾아온 것이다. 수하의 무례를 사과하겠다는 말에 내치지 못하고 경내로 들여야 했다.

그 와중에 벽천 진인은 제자들의 경계 상태를 최고조로 끌어올렸고, 직접 장문인과 대공녀가 만나는 자리로 나섰다.

정 안 된다면 무력시위라도 할 요량이었다.

그러나 그것은 무당파만의 생각이 아니었나 보다.

대공녀는 무인 세 명을 이끌고 무당파로 들어섰다.

그러고는 장문인을 향해 고개를 숙였고, 선물을 잔뜩 풀어놓으며 사죄했다.

[사형.]

장문인의 얼굴은 붉게 달아오른 상태였다.

반면 벽천 진인의 얼굴은 귀신이라도 본 것처럼 창백했다.

[셋 다 엄청나군.]

두 사람의 시선은 대공녀 뒤에 시립하고 있는 무인들에게서 떨어지지 않았다.

제갈세가의 진짜 힘이라고 할 수 있는 상천이었다.

[둘은 어찌어찌해 보겠는데…… 저 노인까지 끼어든다면 양패구상밖에 떠오르지 않는군.]

벽천 진인의 힘없는 전음에 장문인은 입술을 쉴 새 없이 떨었다.

[본파에 무력시위를! 감히!]

그렇다.

대공녀는 극진하게 사죄함으로써 무례를 씻었다.

그리고 상천을 통해 무당파에 경고한 것이다.

대공녀는 슬쩍 고개를 들며 빙긋 웃었다.

'허락이 없으면 난입할 수도 있습니다.'

불현듯 적운비에게 미안하다는 생각이 들었지만, 애써 머릿속에서 그를 지웠다.

세상이 다 그런 법이다.

대공녀는 목소리를 가다듬고 한 마디를 흘렸다.

"장문께 인사를 드렸으니 허락하신다면 소녀는 물러나려 합니다."

옥구슬이 굴러가는 것처럼 부드럽고 청아한 목소리.

하지만 장문인에게는 협박이나 다름없었다.

장문인은 입술을 파르르 떨며 한 마디를 흘렸다.

"허락하겠네. 무사히 돌아가시오."

그 순간 대공녀는 빙긋 웃으며 몸을 일으켰다. 그러고는 전음을 흘렸다.

[옥녀봉과 금동봉에 인력을 투입해요. 천괴의 흔적은 하나라도 놓치면 안 됩니다!]

궁지에 몰린 무당파가 할 수 있는 일은 전무했다.

＊　　＊　　＊

무당파의 분위기는 뒤숭숭했다.

자소봉에서 내려다보면 인근 봉우리를 오가는 무인들의 모습이 간간이 눈에 띌 정도였기 때문이다.

천룡맹의 행사에 분개하는 이도 있었고, 자포자기하는 이도 있었다.

하지만 그 누구도 나서지 못했다.

벽천 진인의 엄명이 있었기 때문이다.

반면 산 아래 균현에서 머물고 있는 대공녀의 얼굴에는 오랜만에 화색이 드리워졌다.

"좋아요. 어차피 자소봉 자체에서 천괴가 일을 벌였을 리는 만무해요. 그랬다면 자소봉이 제 모습을 유지하지 못했겠지요. 결국 근처에서 일을 벌였다는 건데 학사들의 연구는 어떻게 되었나요?"

"천괴의 은거 이후 무당산의 봉우리 중 허물어지거나 외형이 변한 곳에 대한 기록을 조사하고 있습니다. 아무래도 옥녀봉 쪽을 뒤지면 조만간 좋은 소식을 전해드릴 수 있을 것 같습니다."

"검천위와 구룡검제에 관한 기록은요?"

수하가 난색을 표했다.

"둘 다 무당파와 남궁세가의 최고급 정보입니다. 구하기가 쉽지 않습니다."

대공녀는 무당파가 자리한 자소봉을 올려다봤다.

'현현전이라는 걸 한번 뒤져 보면 뭔가 나올 것 같은데……'

하나 이내 입맛을 다시며 고개를 내저었다.

이미 무당산 전체를 이 잡듯이 뒤지지 않았던가.

그러던 중 정체를 알 수 없던 고인의 비급과 병기를 몇 개씩 수거하는 쾌거를 올렸다. 그중에는 분명 천괴와 관련된 것도 있을 가능성이 농후했다.

'거기까지는 녀석에게 너무 미안한 일이겠지?'

가뜩이나 무당파를 구석까지 몰아붙였으니 적운비가 알면 그냥 있지는 않을 것이다. 하나 지금쯤이면 녀석은 분명 태상에게 붙잡혀서 죽지도 살지도 못한 상태가 됐을 것이 분명했다.

'쯧, 그러니까 적당히 센 쪽에 붙었어야지.'

적운비의 안부를 궁금해했던 것도 잠시였다. 대공녀는 이내 인원 구성을 확인하며 수색 작업에 나섰다.

그리고 그날 밤 천룡맹에서 일대의 무인들이 무당산에 도착했다.

―제갈치광에 대한 암살을 시도한 죄.

―마공을 서기병문의 소문주에게 익히게 한 죄.

―무령당과 공모하여 학관 내에 몽혼연을 퍼트린 죄.

―도주 중 천룡맹의 무인들을 상당수 상해한 죄.

모두 한 사람이 저지른 죄였다.

"당장 적운비를 구금하여 천룡맹으로 압송해야 합니다! 태상께서 지급으로 내리신 명령입니다!"

대공녀는 경악을 금치 못했다.

'태상의 포위망을 뚫고 도망쳤다니…… 도대체 너 정체가 뭐야?'

"대공녀! 태상께서는 이번 기회에 무당파를 정리하고 싶어 하십니다."

대공녀 제갈수련은 무인들의 상태를 살폈다.

천룡맹 외단의 타격대가 셋이다. 무인의 수만 해도 백여 명이다. 그 외에 태상의 명을 받고 파견된 천급 빈객과 무인들의 수가 또한 백 명이다.

자신이 데리고 있는 무인들과 합치면 즉시 전력이 될 수 있는 인원만 해도 무려 사백여 명에 육박했다.

무당파를 제압하기에는 충분한 숫자였다.

무엇보다 태상이 직접 붙여준 조룡삼옹은 상천에 소속되

지 않았던가. 무당제일검이라 불리는 벽천 진인을 상대하기
에 충분한 전력이었다.

하지만 정면으로 뚫고 들어가기에는 명분이 부족했다.

그때 한켠에서 지켜보고 있던 조룡삼옹 중 첫째가 나섰
다.

"대공녀, 일단 압박을 합시다."

"네?"

대공녀는 고개를 갸웃거렸다.

조룡삼옹은 무공뿐 아니라 지략도 뛰어나도 들었다.

그러나 머리 좋은 이가 추천할 만한 방책은 아니지 않은
가. 대공녀가 머뭇거리는 사이 첫째가 빙긋 웃으며 말을 이
었다.

"압박을 하면 문이 열릴 겁니다."

"제가 모르는 무언가가 있나요?"

조룡삼옹은 웃음으로 일관할 뿐 대답을 피했다.

그렇다면 이것은 태상이 직접 주관한 모략일 터였다.

"좋아요. 옥녀봉과 금동봉을 수색하던 인원을 제외하고
전원 무당파의 입구로 집결시키세요."

                    *   *   *

이번만은 그 누구도 분노를 감추지 않았다.

장문인은 연방 주먹을 부르르 떨며 이를 갈았고, 벽천 진인과 벽공 진인은 침통한 표정을 지우고 노기를 드러냈다.

"그러니까 지금 운비가 천룡맹의 법제를 무시하고, 마공을 퍼트렸으며 수많은 인명을 살상했다는 겁니까?"

"말도 안 되는 소리!"

벽천 진인의 일갈에 벽공 진인이 나직이 물었다.

"지금 운비는 어디 있다던가?"

"우리에게 내놓으라는 걸로 보아선 태상의 손아귀를 벗어난 게 확실해. 태상이 믿지 못할 자라는 것은 알았지만, 이토록 치졸할 줄은 생각지 못했군."

"태상의 말을 곧이곧대로 믿을 수도 없지요. 혹시 운비에게 나쁜 일이 생긴 것은 아닐는지요?"

장문인은 어깨를 축 늘어트렸다.

"모두 제 탓입니다. 제가 허명에 눈이 멀어 태상과 손을 잡았기 때문에 이런 일이 벌어진 것입니다."

벽공 진인이 장문인을 위로했다.

"놈들은 운비를 핑계로 삼아 어떻게 해서든 경내로 밀고 들어오려 할 것이야. 하지만 명확한 증좌가 없고, 운비 또한 정말로 경내에 없지 않은가. 그러니 용호적문을 함부로 넘지는 못할 걸세."

벽천 진인이 고개를 끄덕였다.

"사제의 말이 옳아. 월담을 한다는 것은 무당과 일전을 겨루겠다는 선전포고와 다르지 않지. 그렇다면 강호의 시선이 좋지 않을 것이야. 그러니 우리가 흔들리지 않으면 저들은 시간만 축내야 할 것이야."

"하아, 시간을 끌 수야 있겠지만, 저들이 그냥 물러갈지는 모르겠군요."

스릉!

벽천 진인이 검을 뽑았다.

"사제! 현실과 타협하고, 세상과 공존하는 것은 중요해. 하지만 그 전에 무당이 무당으로서 존재할 수 없다면 그 어떤 좋은 뜻도 퇴색되는 걸세. 그들이 강호의 도의를 짓밟는다면 나는 일전을 불사하겠네!"

한데 그 순간 예기치 못한 외침이 들려왔다.

"사형! 사형!"

북두천강진을 담당하는 벽건자가 넋이 나간 표정으로 들이닥친 것이다.

"무슨 일이기에 그리 호들갑을 떠는 겐가?"

벽천 진인의 말에 벽건자는 잠시 말을 잇지 못했다. 그러나 연이은 재촉에 비통한 표정으로 힘겹게 한 마디를 흘렸다.

"용호적문이 열렸습니다."

무당삼청의 얼굴에 황망함이 드리워졌다.

"뭐라? 문이 왜 열려!"

"그들이 담을 넘고 억지로 연 것이냐?"

벽건자는 몸을 부르르 떨며 고개를 숙였다.

"아닙니다. 벽성이······."

잠시 후 청천벽력과도 같은 한 마디가 흘러나왔다.

"배신했습니다."

第十一章

혜검(慧劍)

벽천 진인은 한달음에 몸을 날렸다.

그러고는 대전을 나서자마자 주춤거리며 멈춰 서야 했다. 무당의 복색을 한 도인들이 오가던 경내는 외인들로 가득했다.

벽후자가 무공, 무창, 무롱자와 함께 진무십팔검진을 펼친 상태였다. 하지만 대치라기보다는 천룡맹의 무인들이 멈춰 섰다고 표현하는 것이 옳으리라.

대공녀의 지시로 인해 무인들은 검을 뽑지도 않았고, 투기를 드러내지도 않았다.

그저 시위를 하는 것처럼 자리를 지킬 뿐이었다.

그나마 역대 조사들의 흔적을 짓밟히지 않았다는 점에서 위안을 찾아야 했으리라.

벽천 진인은 분노를 억지로 가라앉히며 앞으로 나섰다.

"이게 도대체 무슨 짓인가?"

대공녀는 공손히 고개를 숙였다.

"들어가겠다고 하니 열어 주더이다. 그래서 여기까지 오게 되었습니다."

벽천 진인은 부리부리한 눈망울로 사람들을 살폈다.

하지만 어디에서도 벽성자를 찾을 수가 없었다.

'출세욕이 강한 것은 알았지만, 문파를 팔아넘길 줄이야!'

불현듯 북두천강진의 비급을 모으기 위해 적운비와 하산했을 때가 떠올랐다. 적운비와 벽성자의 문제를 알면서도 알아서 처리할 것이라며 웃어넘기지 않았던가.

'다 내 탓이로다. 내 탓이야.'

하나 이대로 자책하며 시간을 보낼 수는 없었다.

자신이야말로 외천삼호의 수장이자, 무당제일검이라 불리는 건곤노도가 아니던가.

그가 무너지면 무당이 무너지는 것과 다름없다.

그러니 무슨 일이 있더라도 정신을 차려야 했다.

"대공녀의 무례는 차후에 따로 논의하도록 하지. 일단 적운비는 무당에 돌아오지 않았네. 그리고 설령 돌아왔다고 해도 내어줄 생각은 없네. 내 말을 믿지 못하겠는가?"

"어찌 진인의 말을 믿지 못하겠습니까. 하지만 적운비가 없다면 올 때까지 저희들이 기다려야겠습니다. 적운비는 이제 천룡맹의 공적이라고요. 무당도 그 책임에서 벗어나실 수는 없을 겁니다."

"뭐라? 지금 무당의 경내에 난입하겠다는 말이더냐?"

벽천 진인의 노기 어린 외침에 대공녀는 미간을 찡그렸다. 벽천 진인이 두려워서가 아니었다. 적운비에 대한 미안함을 떨쳐내지 못했을 뿐이다.

"무당 내에서도 이견이 있었으니 개문한 것이 아니겠습니까? 천룡맹의 법규에 따르면 맹 소속 문파에 내환이 일어날 경우 개입을 정당화할 수 있습니다."

대공녀는 천룡맹의 집행령을 꺼내 들었다.

"그리고 지금부터 개입하려 합니다."

*   *   *

내공이 순후한 장문인이 아니던가.

그는 대전 밖에서 일어나는 대화를 한 마디도 **빼놓지** 않고 들을 수 있었다.

장문인은 고개를 들지 못했다.

모두 태상의 야욕을 알면서도 이권에 눈이 멀었던 자신의 탓으로만 여겨졌다.

"무당의 선조를 무슨 낯으로 뵐 수 있으랴."

그러나 언제까지 주저앉아서 넋두리만 흘릴 수는 없는 노릇이 아닌가.

'나는 무당의 장문인이야!'

장문인은 심호흡을 하며 몸을 일으켰다.

한데 그 순간 대전의 입구에 하나의 그림자가 드리워졌다. 장문인으로서는 놀라지 않을 수가 없었다. 벽천 진인과 대공녀의 대화를 듣느라 기감을 잔뜩 일으킨 상태였다. 그러니 자신에게 들키지 않고 누군가 다가오기란 불가능했다.

최소한 무당의 제자라면 말이다.

스릉—

장문인은 검을 뽑아 들고 나직이 읊조렸다.

"제갈세가의 주구더냐?"

"주구라…… 저도 제갈세가 놈들을 만나면 꼭 한번 써먹어 봐야겠습니다."

명랑한 목소리는 낯이 익었다.

장문인이 살기를 가라앉히는 사이 적운비가 어둠 밖으로 나섰다. 그러고는 공손히 손을 모으며 예를 표했다.

"삼대제자 적운비가 장문 진인께 안부를 여쭙니다."

"너, 무사했구나?"

적운비는 빙긋 웃으며 다가왔다.

그러고는 나직이 말했다.

"삼대제자가 함부로 나설 일은 아니지만, 장문 진인께서는 잠시 시간을 내주실 수 있겠는지요?"

장문인은 대답 대신 적운비를 살피며 자리에 앉았다.

불과 몇 달 사이에 적운비의 눈빛은 다른 사람처럼 변해 있었다. 게다가 자신의 기감을 속일 정도로 무공 또한 일취월 장하지 않았던가.

듣고 싶었다. 무슨 일이 일어났는지 말이다.

적운비는 이학인의 전언을 고한 후 지금까지 천룡학관에 서 벌어진 일을 짧게 설명했다. 어차피 무정선자 일행이 도착 하면 상세히 알려질 일이 아닌가.

그렇기에 적운비는 그들이 알지 못하는 천괴의 이야기로 말문을 열었다.

"천괴? 검천위? 구룡검제? 그게 다 무슨 말이더냐!"

장문인은 이야기책에서나 나올 법한 장황한 전설에 고개 를 절레절레 내저었다. 하나 적운비를 의심하지 않았고, 끝까 지 그의 말에 귀를 기울였다.

"이제야 그들이 무당산을 뒤지고, 본파를 압박한 이유를 알겠구나. 제갈세가라면 강호의 신망을 잃는 한이 있더라도 천괴의 유산을 욕심낼 만하지."

적운비는 잠시 장문인의 눈치를 본 후 읊조리다시피 말했다.

"일전에 장문 진인께 결례를 무릅쓰고 말씀드린 기억이 있습니다. 한데 천룡학관에서 수많은 사람들을 만나다 보니 그때 결례를 범하면서도 말씀드리기를 잘했다는 생각이 듭니다."

장문인이 눈을 휘둥그레 뜬 사이 적운비가 말을 이었다.

"무당에 장문 진인께서 계셔서 정말 다행입니다."

"뭐라?"

적운비는 어색한 미소를 흘렸다.

"세상은 진짜 혼탁하더군요. 아무나 살 곳이 아니던걸요?"

장문인은 잠시 헛웃음을 지었다.

"하하하, 다른 사람도 아닌 삼대제자가 나를 이해해 줄 것이라고는 생각지 못했다. 걱정 마라. 아무리 미래가 중요하고, 현실적인 이해관계가 얽혀 있다고 해도……."

잠시 말을 끊은 장문인의 눈빛에는 지금까지 담겨 있던 자괴감을 찾아볼 길이 없었다.

"무당의 장문으로서 용납할 수 없는 것이 있단다."

적운비가 장문 진인의 뜻을 모를 리 만무했다.

"감사합니다."

장문인은 고개를 끄덕이며 단호하게 읊조렸다.

"내가 지켜줄 것이다. 무당이 지켜줄 것이다."

적운비의 입가에 쓴웃음이 걸렸다.

그는 천천히 몸을 일으킨 후 장문 진인에게 절을 했다.

"저를 지켜 주시면 안됩니다. 천룡맹과 제갈세가는 이제 한 몸이나 마찬가지입니다. 게다가 제갈세가의 숨겨진 힘은 상상을 초월하니 무당파가 홀로 감당할 수는 없는 노릇입니다."

적운비는 품속에서 종이 뭉치를 꺼냈다.

양의심법과 태극면장에 관한 비급이었다.

장문인은 비급을 살피고는 눈을 휘둥그레 떴다.

언제고 적운비가 대성할 것을 기대했지만, 이처럼 빨리 비급으로 정리할 것이라고는 예상치 못한 게다.

"맙소사. 이게 다 네가 한 것이냐?"

"그렇습니다."

장문인은 구원의 동아줄이라도 잡은 기분이었다.

지금 당장 익히는 것은 무리겠지만, 무당삼청이 머리를 맞대면 곧 제자들에게 가르칠 수도 있을 만큼 상세한 비급이 아닌가.

한데 그 순간 장문인의 뇌리를 스치는 것이 있었다.

"너 설마⋯⋯."

적운비는 머리를 조아리며 나직이 말했다.

"제자는 무당을 위해 할 수 있는 모든 일을 했습니다."

"그렇다. 무당은 이미 네게 헤아릴 수 없을 만큼 수많은 덕을 보았다. 장문인인 내가 인정하마."

적운비는 복잡한 감정이 뒤섞인 미소를 보였다.

"그러니 이제 제자를 파문하시고, 무당의 안녕을 도모하소서. 제자를 파문하면 천룡맹은 무당을 수색할 명분을 잃게 됩니다. 그 후에 무당의 부흥을 이뤄내시는 것이 좋을 듯합니다."

장문인은 단호하게 말했다.

"불가하다!"

"그렇지 않으면 무당은 사라집니다."

"그래도 안 된다. 무당은 제자를 버리지 않아!"

적운비는 장문인의 외침에 감동하면서도 답답함을 금치 못했다.

"적은 지금 일전을 불사하고 있습니다. 그로 인해 발생할 무당의 피해를 염두에 둬 주세요."

"그래도 파문은 안 된다!"

"하면 방법이 없습니다. 어차피 저는 이곳에 있을 수 없습니다. 가야 할 곳이 있어요."

"갈 곳이라니?"

"구궁무저관, 제자는 그곳에 가야 합니다."

장문 진인은 미간을 찡그렸다.

구궁무저관은 전설로나 전해지던 공간이 아니던가.

"쯧쯧, 아직도 그곳을 찾는 게냐?"

적운비는 고개를 내저었다.

"찾았습니다. 자세히는 알지 못하지만 찾을 수 있는 단서는 모두 찾았습니다. 단서는 바로……."

장문인은 적운비의 말을 막았다.

"되었다. 네 말이 사실이라면 천학 진인의 인연은 네게 이어진 게다. 그곳에 가야 한다면 가거라. 뒷일은 무당이 책임지겠다."

적운비가 다시 한 번 진지하게 물었다.

"장문인, 시간이 흐르면 무당은 예전의 성세를 되찾을 수 있습니다. 그러니 지금 제자를 파문하셔야 합니다."

"그것은……."

"훗날 제자를 복권해 주시면 되는 일입니다. 세간에 알려질 겉모습은 무당이나 제게 전혀 중요하지 않습니다."

장문인과 적운비는 고개를 맞대고 목소리를 낮췄다.

주로 적운비가 이야기를 하면 장문인이 고개를 끄덕이며 침음을 흘렸다.

마침내 이야기가 끝나고 장문인이 물었다.

"한데 이 이야기를 먼저 했다면 결론을 내는 것이 훨씬 빨랐을 게다. 한데 어째서 이것을 가장 뒤로 미룬 것이냐?"

적운비는 장문인을 향해 고개를 숙였다.

"제가 경외하는 무당의 장문인이시라면 반드시 그리하실 줄 믿었습니다."

장문인은 적운비가 떠난 후에 한숨을 내쉬었다.

"무당의 홍복은 말로 표현할 수 없을 정도구나. 우리는 우리가 할 수 있는 모든 일을 하마. 그러니 너는 네가 할 수 있는 일을 하거라."

잠시 후 나직이 한 마디가 이어졌다.

"그러니 반드시 돌아와야 한다."

*　　　*　　　*

벽천 진인과 대공녀의 대치는 계속됐다.

한데 장문인이 등장함으로서 두 사람은 투기를 거뒀다.

무당의 책임자가 등장했으니 상황 또한 새로운 국면으로 전환되어야 하지 않겠는가.

그렇기에 벽천 진인은 침통한 표정을 지었고, 대공녀는 기분 좋은 미소를 흘렸다.

오늘 무당이 할 수 있는 일은 전무했기 때문이다.

장문인은 무심한 표정으로 대공녀를 내려다봤다.

"무당파는 삼대제자 적운비를 도적에서 파내고, 파문하여 사제의 관계를 끊겠다."

대공녀는 물론이고, 벽천 진인마저 놀랄 만큼 파격적인 행보였다. 벽천 진인은 대공녀가 있다는 것도 잊은 채 소리를 질렀다.

"사제! 그게 무슨 소리인가?"

한데 벽공 진인이 소리 없이 벽천 진인의 허리춤을 잡아당겼다. 그러고는 천천히 고개를 내저어 벽천 진인을 달랬다.

[장문 사제의 표정이 달라졌소. 뜻한 바가 있을 겁니다. 지켜보는 것이 어떻겠습니까?]

그러나 대공녀는 장문인과 눈을 마주한 채 말을 잇지 못했다.

'말끝마다 무당을 부르짖던 놈이었는데! 문파에 도움이 되지 않으니 잘라낸다는 건가?'

적운비에 대한 감정을 정리했다고 여겼거늘 짜증과 분노가 마음속에 휘몰아쳤다.

잠시 후 장문인이 다시 한 번 입을 열었다.

"오늘부로 무당파는 봉문하겠소. 그러니 외인들은 당장 용호적문 밖으로 나가 주시오."

"봉문이라고요?"

장문인은 대공녀를 노려보며 고개를 끄덕였다.

"그렇다. 봉문이라고 했다. 제갈세가의 대공녀는 귀가 멀은 건가?"

대공녀는 이를 악물고 분기를 참아야 했다.

문파의 봉문은 곧 출입의 금지를 뜻한다.

외인은 물론이고, 제자 역시 문파 밖으로 나설 수 없게 되는 것이다. 천룡맹의 행사나 개인적인 은원 역시 뒤로 미뤄야 했다.

문파의 봉문은 겨울잠과 마찬가지였다.

한데 봉문한 문파치고 부흥한 곳은 전무했다.

문파가 강호에 영향력을 보이지 못하니 속가는 망하거나, 새로운 뒷배를 찾아 떠난다. 또한 한창나이에 갇혀 지내던 제자들의 이탈 또한 심심치 않게 이뤄진다.

재력이 사라지고, 제자가 사라지니 봉문한 문파는 자연스럽게 멸문의 길로 들어서게 된다.

지금껏 모든 문파가 그러했다.

오직 소림만이 봉문했어도 예전의 명성을 유지할 수 있었다. 하나 이미 쇠락한 무당파가 봉문을 한다면 멸문은 자연스러운 수순일 터였다.

'설마 멸문하더라도 우리가 발을 들이지 못하게 하겠다는

건가? 그깟 자존심을 지키려고 문파를 망하게 만들려는 거야?'

대공녀는 입술을 잘근잘근 씹다가 대꾸했다.

"흥! 그렇다면 등선로 아래에 천룡맹 지부를 꾸리겠어요. 그리고 무당파가 관리하던 땅과 건물 또한 천룡맹이 대신해서 운영합니다."

"그리하거라."

장문인의 느긋한 말에 대공녀는 발악을 하듯 외쳤다.

"이 순간 이후 무당의 제자는 결코 자소봉을 내려올 수 없으며 하산하는 순간 파문으로 간주합니다. 그리고 한번 하산한 사람은 봉문이 풀릴 때까지 절대 입산할 수 없어요."

"잘됐군. 대공녀의 공증이라면 당장 시행한다고 해도 이견이 없으리라!"

"크흑!"

장문인은 대공녀를 지나 무인들을 향해 외쳤다.

"모두 듣지 않았던가. 그러니 당장 한 놈도 빠지지 말고, 용호적문 밖으로 꺼지거라!"

* * *

적운비가 향한 곳은 현현전이다.

벽기자는 외인이 경내에 침입을 했어도 여전히 현현전을 지키고 있었다. 오히려 평소보다 엄중한 표정으로 현현전을 정문에 서 있었다. 만약에 적도가 난입한다면 죽음을 무릅쓰고 현현전을 수호하기 위해서였다.

하나 그 역시 적운비의 기적을 잡아내지 못했다.

이미 양의심법을 익힘으로써 음양의 조화를 이룬 적운비가 아닌가. 그렇기에 양기와 음기를 번갈아 발출하며 펼쳐진 제운종은 그 어떤 도적의 경신술보다 은밀했다.

적운비는 잠시 벽기자에게 고개를 숙인 후 현현전의 심처로 들어섰다.

반드시 보아야 하는 서책이 있었다.

내용은 머릿속에 고스란히 남아 있지만, 사안이 사안이니만큼 확실하게 처리해야 했다.

적운비는 무당력(武當歷)이라는 서책을 찾아 읽었다.

무당의 변천을 적어놓은 서책이다.

'사부님이 무정선자에게 벽천 진인의 별호인 건곤노도를 거론한 더 중요한 이유가 있어!'

건곤노도는 외천삼호의 수호자라 불린다.

자소봉의 출입구는 등선로와 이어지는 남쪽의 용호적문이 유일했다. 그 외에 세 방향의 깎아지를 듯한 절벽을 감시하는 것이 바로 외천삼호의 수호자인 것이다.

적운비는 외천삼호의 명명이 변천했던 기록을 살폈다.

　무당이 증흥하여 진무대제의 힘이 호북 전체에 미
쳤을 때 십일 대 장문, 현진은 용호적문을 지어 문파의
성세를 만천하에 알렸다.
　또한 남향의 용호적문을 제외한 삼향에 높다란 망
루를 세워 각기 천하를 감시하는 의의를 두고자 했다.
　동향(東向)의 천안명루(天眼明樓).
　서향(西向)의 홍검포루(弘劍鋪樓).
　북향(北向)의 신장선루(神將仙樓).
　하나 무당의 성세가 기울고, 높다란 망루를 유지하
기 어려움을 인정하였다. 그리하여 십사 대 장문, 회천
의 명으로 망루를 허물고, 비석을 세워 기록으로나마
삼천(三天)의 흔적을 남기노라.
　비록 삼천(三天)은 사라졌으나, 절애와 그 밑으로
흐르는 강물의 험난함으로 고하고자, 외천(外川)을 수
호하라 명하였다.

적운비는 바짝 마른 입술을 할짝이며 가쁜 숨을 흘렸다.
구궁무저관의 위치를 알리는 동천우하 중 앞의 두 글자를 풀
어냈다.

'삼천(三川)은 본래 삼천(三天)이었어. 그러니 동천은 분명 동향의 천안명루를 뜻하는 것이야.'

삼천을 허문 것은 검천위가 행방불명된 이후였다.

검천위가 행방불명됨으로써 무당의 성세가 기울었으니 앞뒤가 의심할 바 없이 딱 들어맞는 형국이었다.

'천안명루만 모양이 다르네.'

동향의 천안명루는 다른 두 곳과 달리 특이점이 있었다.

가장 먼저 건립된 탓에 가장 높았고, 화려했다.

그리고 삼천 중 유일하게 처마를 달아 놓았다.

적운비는 잠시 눈을 가늘게 뜨고 기감을 무당파 전체로 넓혔다. 지금쯤 장문인과 대공녀 사이에 열띤 설전이 벌어지고 있을 것이다.

하나 대공녀가 장문인의 말 몇 마디로 순순히 물러날 것이라 여겨지지는 않았다.

아니나 다를까 용호적문 근처에 머물던 수많은 기척 중 몇 개가 흩어진다. 그들의 목표가 무엇이든 현현전이나 무당의 심처를 뒤지지는 못할 것이다.

'한시라도 빨리!'

적운비는 현현전을 벗어나 외천삼호 중 동쪽으로 향했다. 제자들의 시선이 용호적문으로 쏠린 탓에 경내는 한적하기 그지없었다.

'여기인가?'

적운비는 천안명루의 유일한 흔적이라 할 수 있는 비석 앞에 섰다. 한데 천안명루가 있었을 공터는 생각보다 협소했다.

'지붕 아래. 지붕 아래라……'

공터에 천안명루가 있었을 법한 넓이를 예상해 본다. 그리고 그곳에 있었을 지붕이 어디까지 뻗어 나왔을지 머릿속으로 그려보았다.

적운비는 이내 고개를 갸웃거렸다.

천안명루의 크기는 기록으로 남아 있었다. 그렇기에 머릿속으로 천안명루를 그리자 남는 공간이 전무했다.

절벽 자체가 툭 튀어나온 반도의 형국이다.

삼면은 절벽 밖이고, 유일한 한 곳은 또다시 높다란 구릉의 시작이었다.

결국 뒤질 곳은 구릉밖에 없는 게다.

적운비는 안력을 돋워 구릉을 살폈다.

하지만 낙엽이 쌓이고, 들풀이 가득할 뿐 어디에도 출입구나 구궁무저관의 흔적을 찾을 수가 없었다.

적운비는 초조한 듯 입술을 잘근잘근 씹으며 기억을 되새겼다.

분명 자신이 놓친 무언가가 있을 게다.

'뭐지? 동천우하, 동천우하, 동쪽 하늘 지붕 아래……'

그 순간 뇌리를 스치는 것이 있었다.

적운비는 눈을 휘둥그레 뜨고 절벽 가에 섰다.

"동천은 동향의 천안명루만 뜻하는 게 아닐지도 몰라. 동쪽 하늘, 그리고 동쪽 처마, 그리고 동쪽 아래! 중의적인 표현이라면 결국 천안명루의 동쪽 처마 아래라는 뜻도 되잖아?"

적운비는 침을 꿀꺽 삼키며 절벽 밖으로 슬그머니 상체를 내밀었다.

귀가 따가울 정도로 칼바람이 쉼 없이 몰아쳤다.

그리고 상체는 마치 돌풍에 휘말린 갈대처럼 흔들렸기에 내공까지 사용해서 버텨야 했다. 게다가 자욱한 안개는 어느새 거무스름한 빛으로 이리저리 달빛을 따라 번들거렸다.

내려가기란 불가능에 가까웠다.

하지만 적운비는 뭐에 홀린 사람처럼 절벽 아래에서 눈을 떼지 못했다.

바람은 강하다. 안개는 자욱하다. 밤은 어둡다.

무언가를 하기에는 최악의 상황.

그러나 적운비의 입가에는 오히려 미소가 드리워졌다.

'이곳이 맞구나!'

단지 자연환경이 험악해서가 아니었다.

바람의 경로는 너무도 정직했다. 쉴 새 없이 강하게 몰아칠 뿐 기의 흐름 자체만 보자면 두려울 것이 없었다.

'안배였구나.'

그 순간 적운비의 뇌리에 천학도관에서 무장선을 마주했을 때의 기억이 떠올랐다. 그 후 건곤구공과 공파산을 익혔고, 사상심의류를 통해 면장과 양의심법까지 익히게 되었던 과거가 스치듯 지나간다.

적운비는 빙긋 웃으며 한 마디를 읊조렸다.

'이 모든 것이 이곳을 내려가기 위한 안배였구나.'

양의심법으로 인해 제운종을 대성하지 않았던가.

종(縱)적인 움직임으로는 천하에 손꼽히는 제운종을 익힌 이상 단순하게 불어오는 바람이 두려울 리 만무했다.

검천위는 언젠가 구궁무저관을 찾아올 후인에게 모든 것을 남긴 것.

구궁무저관에 이를 수 있는 모든 것을!

적운비는 절벽으로 다가섰다.

제운종을 대성한 이상 조심스럽게 내려갈 이유가 없다.

자신은 그저 바람의 흐름을 타고 절벽 아래로 내려가기만 하면 되는 것이다.

'가 볼까!'

구궁무저관을 마주할 수 있다는 기대감만 가득할 뿐 마음 어디에도 두려움은 존재하지 않았다.

한데 절벽가에 선 적운비는 잠시 머뭇거렸다.

대공녀에게서 벗어났던 외인들의 기척에 잡힌 것이다.

'이것들이 아직도……'

적운비는 못마땅한 기색을 보이다가 이내 코웃음을 쳤다. 그러고는 일부러 내력을 허공으로 발출하여 적의 이목을 끌었다.

속으로 열을 헤아렸을 때였다.

뒷짐을 진 노인이 느긋하게 어둠 속에서 나타났다.

복면인들이 그 뒤를 따랐다.

그들은 적운비를 확인하자마자 포위망을 펼쳤다.

"저자가 적운비입니다."

노인은 눈을 가늘게 뜬 채 적운비를 내려다봤다.

"태상이 그토록 원하던 녀석인가?"

"그렇습니다."

복면인의 말에 노인은 옅은 미소를 띠었다.

그는 조룡삼옹(操龍三翁)의 둘째로 낙일사라 불렸다.

"아이야, 네 운도 여기까지로구나. 순순히 혈도를 잡히면 아프게는 하지 않으마."

적운비는 턱을 부르르 떨며 몸을 웅크렸다.

누가 봐도 잔뜩 겁을 먹은 모양새였다.

하지만 속으로는 웃음을 억지로 참고 있었다.

'천룡맹 남문에서 만났던 대검백보다 약해. 그래도 저 정도면 태상의 직속 수하일 테니 잘 됐군.'

적운비는 오늘 이곳에서 죽을 생각이다.

자신이 소리 없이 사라진다면 천룡맹은 언제까지나 자신을 핑계로 무당파를 압박할 것이 분명했다. 하나 낙일사가 적운비를 죽이면 태상은 손을 떼고, 본업에 집중할 것이 당연하지 않은가.

오히려 적운비의 죽음을 알리지 않은 채 무당을 멀리서 비웃으리라.

"태상은 나를 죽일 겁니다."

적운비의 목소리를 들은 낙일사는 폭소를 터트렸다.

"클클, 그런 걱정은 암살을 시도하기 전에 했어야지."

"어쨌든 나는 안 가!"

적운비는 그 말을 끝으로 절벽의 끄트머리에 서 있는 복면인을 향해 몸을 날렸다.

"이놈!"

복면인이 검을 휘두르는 순간 적운비는 이미 장력을 발출했다. 적운비는 복면인이 허물어지는 것을 뒤로 한 채 포위망 밖으로 몸을 날렸다.

낙일사는 혀를 차며 쌍장을 휘둘렀다.

"쯧쯧, 그만 발악하고 쓰러지거라!"

콰콰콰쾅!

우레처럼 터져 나온 장력은 삽시간에 적운비를 관통할 것처럼 위협적이었다.

적운비는 황급히 몸을 돌렸다.

온 곳으로 도망치려는 게다.

"저, 저 멍청한 놈!"

낙일사는 자신도 모르게 눈을 부릅떴다.

무공을 익힌 사람이라면 지금 상황에서 그대로 나아가는 것이 이득임을 모를 리 없다. 한데 적운비는 겁을 심하게 먹었는지 오히려 물러서는 것이 아닌가.

"피해라!"

적운비는 화들짝 놀라며 양손으로 장력을 후려쳤다.

퍼퍼퍽!

'저 어린놈이 내 장력을 맞받아칠 리가 없지!'

낙일사의 예상처럼 적운비는 사지를 펄럭거리며 절벽 밖으로 튕겨 나갔다.

"사, 살려줘!"

적운비는 버둥거리며 비명을 내질렀다.

"으아아아아악!"

낙일사가 황급히 절벽가로 몸을 날렸지만, 눈동자를 꿰뚫을 듯한 칼바람 탓에 섣불리 나서지 못했다. 솔직히 절벽 아래로 몸을 날려서 적운비를 데리고 돌아올 자신이 없었다.

낙일사는 애꿎은 수하들에게 욕설을 흘렸다.

"크흑! 저런 병신 같은 애송이 때문에 이 고생을 한 거냐? 저런 겁쟁이가 천룡맹을 휘저을 동안 너희들은 무엇을 한 게냐?"

수하들은 낙일사의 눈치를 보며 굽실거리는 수밖에 없었다.

"죄송합니다. 대공녀께는 뭐라고 보고해야 할까요?"

낙일사는 짜증 섞인 한 마디를 흘렸다.

"저 아래로 떨어졌는데 뭘 어쩌라는 거냐. 죽었다고 전해!"

        *   *   *

안개는 적운비의 훌륭한 위장막이 되어 주었다.

낙일사와 수하들의 모습이 안개 너머로 사라지자, 적운비는 제운종을 펼쳐 신형을 바로잡았다.

그리고는 바람의 흐름을 타고 몸을 날렸다.

양에서 음으로 이어지는 기의 흐름.

적운비는 마치 활공하는 새처럼 바람을 타고 빠르게 움직였다.

한데 안개로 이뤄진 세 번의 장막을 지났을 때였다.

바람의 흐름이 한쪽으로 심하게 쏠리기 시작했다.

적운비는 자연스럽게 몸을 틀었고, 이내 절벽 중간에 튀어 나온 바위에 내려앉았다.

바위와 바위의 틈 사이에는 장정 두엇이 지나갈 만한 틈이 존재했다.

적운비는 떨리는 마음으로 걸음을 옮겼다.

그리고 한참을 걸은 끝에 동굴의 입구를 찾아냈다.

그저 세월이 만들어낸 평범한 동굴이다.

하지만 적운비는 조심스럽게 걸음을 옮겼다.

그리고 마침내 동굴의 중심부에 자리한 거대한 공동에 들어섰다.

적운비는 눈을 부릅뜬 채 입을 다물지 못했다.

묵빛으로 번들거리는 거대한 원형의 철문이 시야를 가득 채웠기 때문이다.

그리고 월동문처럼 생긴 철문의 꼭대기에는 적운비가 그토록 염원하던 다섯 글자가 적혀 있었다.

'구. 궁. 무. 저. 관.'

적운비는 눈시울을 붉힌 채 한참 동안 미동조차 하지 않았다. 그저 철문의 꼭대기에 걸린 현판을 응시하며 지금까지의 일들을 추억했다.

'드디어 찾았다.'

적운비는 연방 침음을 흘렸다.

조금 전의 감흥은 온데간데없이 사라졌고, 난처한 기색이 역력했다.

"도대체 어디로 들어가는 건데?"

그러던 중 적운비는 물결처럼 보이는 작은 틈을 발견했다. 철문 중심부에서 발견한 틈을 보는 순간 떠오르는 것이 있었다.

적운비는 목에서 가죽끈에 매달린 작은 철편을 꺼내 들었다. 현현전에서 검천위가 남겼던 유일한 물건이었다.

'구궁무저관을 봉인한다고 하셨지. 이것이 바로 열쇠였을 거야.'

끼릭—

철편은 물결 문양의 틈에 꼭 들어맞았다.

하지만 그뿐이다. 돌아가지도 않았고, 철문은 여전히 요지부동이었다.

적운비는 뒤늦게 탄식을 흘리며 철편을 뽑았다.

'검천위는 열쇠를 놓고 관을 봉인했어. 그 말은 곧 관에서 빠져나오지 못했다는 말이잖아. 그러니 분명 철문은 안에서

고장이 났겠군.'

다시 원점이다.

적운비는 한숨을 내쉬며 철문을 물끄러미 응시했다.

한데 그 순간 잊고 있던 사실이 뇌리를 스쳤다.

검천위는 분명 열쇠를 남기고 떠났다.

하면 그는 어떻게 철문을 통과할 수 있었다는 말인가?

'분명 다른 방법이 있어!'

적운비는 가까이 다가서서 철문을 철저히 살폈다.

그리고 멀리 떨어져서 나무만 보고 숲을 보지 못하는 실수를 미연에 방지하려 했다.

"아……."

적운비는 어느 순간 철문을 보며 피식거리며 웃음을 그치지 않았다.

무당의 제자라면 결코 잊을 수 없는 저것.

저것을 눈앞에 두고 보지 못했던 게다.

'태극!'

원형의 철문은 태극의 형상을 하고 있었다.

그리고 적운비는 태극의 위아래를 나누는 물결을 발견했고, 물결의 위아래에 놓인 두 개의 점을 확인했다.

'내 생각이 맞는다면…….'

적운비는 철문에 다가가 양팔을 벌렸다.

그 순간 그의 양손은 두 개의 점에 정확하게 들어맞았다. 적운비의 손이 들어갈 만큼 커다란 점이다. 그리고 그것은 태극을 그렸을 때의 크기와도 일치했다.

"후우……!"

적운비는 양의심법을 극성으로 펼치며 내력을 끌어모았다. 그리고 양손으로 뻗어나간 내력으로 원을 그리려 했다.

그그그그그극—

그 순간 원형의 철문이 움직였다.

철문 전체가 회전하기 시작한 것이다.

적운비는 눈을 감은 채 마음속으로 거대한 태극을 그린다고 생각할 따름이었다.

그렇게 양손을 움직이니 철문은 절반을 회전했고, 그 순간 다시 한 번 굉음이 터져 나왔다.

그그그그궁!

태극의 위아래를 나누던 물결은 어느새 좌우를 나누는 선이 되어 있었다. 그리고 그 물결을 중심으로 철문이 양 옆으로 열리기 시작한 것이다.

적운비는 숨을 멈춘 채 수백 년 만에 깨어나는 구궁무저관의 모습을 마음에 담았다.

쩡!

굉음의 끝과 함께 철문 너머로 야명주가 빛을 발했다.

적운비가 철문 너머 발을 디디는 순간 야명주 아래로 눈길을 끄는 글귀가 있었다.

혜검(慧劍)을 얻는 자, 검천위가 되기에 충분하리라.

〈다음 권에 계속〉

수라왕

이대성 신무협 장편소설

NAVER 웹소설 인기 무협 『수라왕』,
책으로 다시 돌아오다.

산법에 뛰어난 재능을 지닌 명석한 소년, 초류향.
진리를 깨우치고 숫자로 세상을 보게 된 소년,
그가 강호에 첫발을 내딛는다.

인물들의 외전과 뒷이야기를 정리한 설정집 수록!

dream
books
드림북스

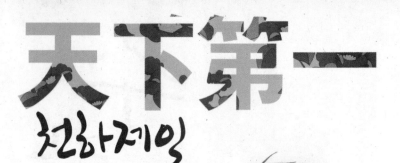

天下第一
천하제일

ORIENTAL FANTASY STORY & ADVENTURE
장영훈 신무협 장편소설

완전판으로 돌아온 NAVER 웹소설
무협 부문 최고의 인기작!

1년 후, 강호가 멸망한다.
그것을 막을 자는 인시에 태어난 이화운뿐.
그를 찾아 위기에 빠진 강호를 구하라!

미모와 실력을 겸비한 여인 설수린, 수수께끼의 사내 이화운.
예견된 운명을 뒤집으려는 그들의 파란만장한 여정이 시작된다.

dream
books
드림북스